# 漱石センセと私

出久根達郎

潮文庫

目次

装画　宇野信哉
装幀　長﨑 綾
（next door design）

# 第一章

# いっぷり

# 福猫

より江の物語は、人の言葉がわかる黒猫との出会いから始まる。

明日から松山高等小学校の二学期が始まる。一年生（現在の六年生）のより江は、昨夜、ここ二番町の祖父母の家に、一カ月半ぶりに帰ってきたのである。夏休みを愛媛県東部の山に住む両親の元で過ごした。父は鉱山の技師であった。学校に通うため、より江は満六歳の時から、市内の祖父母宅に預けられている。

昼を過ぎて、少し、風が出てきた。そうだ、あれで遊ぼう、とより江は、宝箱と称しているバスケットから、紙袋を取りだした。

離れ家の前の庭は、植木が無く、青空が広い。より江は紙袋から、ふわふわした物をそっと三本指でつまみだすと、仰向いて口をすぼめ、指先の物を強く吹いた。ゆらりと宙に浮かんだそれは、折からの微風に乗って横に流れながら、上空に飛んで行く。

黄色の、真綿の固まりである。より江は更に紙袋からつまみだす。吹く。今度は鮮やかな紅色の綿である。また、出す。吹く。緑色だ。急いで次のを出す。紅色だった。袋の中を見ないで取りだすので、何色が出るかわからない。次はきっと白よ。目をつぶって袋を探る。吹いてから目を開ける。藍色《あいいろ》だった。

やあい、外れた、外れた、と藍色の固まりが囃《はや》す。何さ、今度は当てる、とより江は声に出して言う。絶対、黄色よ、黄色。念じながらつまみ、勢いよく吹く。ほらね、やっぱり、と舞い上がった綿に大声で勝ち誇ったとたん、頭上から、

「菜の花のようじゃねー」と声がかかった。

離れ家の二階の窓から、ヒゲ面の男の顔がのりだしている。若いような、老けているような、よくわからない顔である。

十日ほど前に、二階に新しい下宿人が入った、と祖母が言っていた。その人だろう。

「お前はこの家のお子かね？」

と訊《き》く。より江は、うなずいた。ついでに名を問われた。

「ほう。いい名前じゃねえ。よりさん、と呼ぼうかね。アシの名は、正岡升《まさおかのぼる》。皆は、のぼさんと呼んでいる。湊町《みなとまち》四丁目の大原という家を知っちょるか。アシはそこの出だ」

「のぼさん」

より江がつぶやくと、すかさずヒゲ面が「あいよ」と返事した。そして、ニコッと

笑った。

「よりさん、頼まれておくれ」

「はい」

「さっきのな、紅色のがあったろう？　あれをもう一度、飛ばしておくれな。あれは、ネムの花のようじゃった」

より江はうなずき、袋の中をのぞく。これは「五色綿《ごしきわた》」といい、夏休み前に祖母に買ってもらったものだ。綿屋の店先に吊るしてあったのである。何かに用いる綿なのだろうが、より江は小さい時に近所の年上の娘と遊んだことが忘れられなかった。娘はきわめて大事そうに、ほんのちょっぴりずつ、五色の綿をより江の掌《てのひら》に頒《わ》けてくれたのである。飛ばしてしまえば、それきりの、はかない遊びであった。

より江は紅色をつまんで、大きく息を吸い、一気に吹いた。紅の玉はゆっくりと舞い上がった。風が凪《な》いでいて、ふわふわの紅は、宙に止まっているように見えた。

「美しいのう」とのぼさんが感嘆した。

そこにささやくような微風が来て、紅はみるみるうちに遠去かり、青空に吸い込まれてしまった。

「ところで、よりさんや」

のぼさんが言った。

「お前の後ろにおるんは、犬か猫か？」

「えっ」と驚いてより江は振り向いた。今まで空ばかり見上げていて、足元に気が回らなかった。小犬のような図体の黒猫が座っていた。見たことのない猫である。

「あなた、どこの子？」

より江はしゃがんで猫に問いかけた。

全身まっ黒の猫は、別に逃げようともしない。「遊びに来ました」と答えた。

「どこから来たの？」より江は、畳みかけた。「あっちから」と言う。「あっちって？」

「とにかく、あっちです」と答える。

いや、猫が言葉を発したわけではない。猫の答えは、もう一人のより江の声である。

より江は、動物でも植物でも、生きものに限らない、目の前にある何とでも対話ができるのだ。話しかけると、返事がある。その返事は実はより江の心の声なのだが、より江は動物なり植物なり物なりが、人間の言葉で答えてくれたものと思いこんでいる。

一人で遊ぶのが好きな子であった。少しも寂しくない。身のまわりの、あらゆる物が、話し相手になってくれる。独り言が過ぎるので気味悪がられたが、子どもは誰だって一人遊びの時は言う。より江の場合は、自分で問答する。そこが違う。さすがに学校に上がる頃になると、答えの方は口に出さず、胸の内で聞くようになった。独り言は、問いかける時だけである。

「遊びに来たんですって」とより江は二階の窓に教えた。

「よりさんのお友だちか。ところでお友だちは犬？　猫？　どちら？」

「猫ですよ」

より江が代わりに答えた。

のぼさんが、何がおかしかったのか、ヒヒヒ、と笑った。年寄りくさい笑い声である。

「夏目センセは、今日はお出かけ？」

より江が訊いた。

「うん。さっき、写真館に出かけた」

のぼさんが答えた。

「めかして行ったから、たぶん、お見合いの写真を撮《と》るつもりじゃろう」

「センセ、お見合いをするん？」

「するかどうかは、写真次第じゃろう」

「写真の出来ということ？」

「いいや。相手が気に入るかどうかという意味さ」

「どこの人？」

「さあ、それは聞いておらん。これから探すんじゃろう。よりさんも立候補したらいい」

「好かん」

より江はまっ赤になった。母屋《おもや》に向かって走りだした。黒猫があとについてきた。

より江が座敷に上がると、猫も泥足で上がった。

「おばあちゃん」と呼ぶと、おおい、と仏間の方で声がした。祖母は仏壇の前で、経を読んでいた。

「夏目センセ、結婚するの？」

息せき切って、訊く。

「何をだしぬけに。そんな話は耳にしとらん。おや？　どうしたの、この犬」

「遊びに来たの。犬でなくて猫よ」

「爪まで黒いね。もしかしたら、紺屋《こうや》の迷い猫かも知れんね」

「藍染《あいぞ》め屋さん？」

「そう。藍で爪を染めたに違いない。おまつに知らせにやらせよう。先方はきっと鉦《かね》や太鼓《たいこ》で大騒ぎしているよ。おまつが帰るまで預かっておきなさい」

おまつは、女中である。

ところが紺屋の飼い猫ではないという。ついでに近所を当たってみたが、誰もが首をかしげる。そんな大きな黒猫なら、評判になって不思議はない。どこか遠くの町からさまよって来たのかも知れない。上品な顔といい、おっとりとした身ごなしは、どら猫ではない。お屋敷で飼われていたのかも知れない。とおまつが推測した。

「警察に届けましょうか」

「でも、受けつけてくれるかねえ、猫を」

祖母が考えこんだ。

「あたし、捨てる役はごめんこうむりますよ」

おまつが釘を刺した。

「化けて出られたら、かないません」

「勝手に入ってきたんだから、そのうち出ていくでしょうよ」

祖母が自信なげに、当てにならぬことを言った。

「いろんな人に聞き合わせてみましょう。正岡さんの部屋には、毎晩何人もの客があるから、どなたかご存じの方があるかも知れない」

「俳句を詠《よ》む人たちですよ」

　おまつが言った。

「だから好都合ですよ。俳句の人は動植物に関心があるし、観察眼が鋭いから、どこの猫か覚えているはずです」

　祖母が断言した。

　その日の夕方、離れ家を訪ねる客に、祖母は黒猫を見せて心当たりを伺った。離れ家に行くには、門を入って母屋に声をかけ、内庭を通って木戸をくぐらねばならない。母屋は関所であって、正岡と夏目の訪問者が誰であるか、わかる。黒猫の身元は判明しなかったが、客の一人が意外なことを教えてくれた。

　彼は黒猫を横抱きにして、前と後ろ脚の爪を念入りに調べたあと、「おばあさん、これは福猫ですぜ」と告げた。

「福猫って、何です？」

「福を招く縁起のよい猫ですよ。この黒い爪は藍で染まったんじゃない。生まれつき黒いんです。体も爪も黒い猫なんて、何万匹、いや何十万に一匹いるかいないか、ですぜ。粗略《そりやく》にしちゃいけません。福を逃しちゃいます。絹の座布団に座らせ、金の茶碗に銀の箸で、毎食、尾頭《おかしら》つきの金目鯛をご馳走しなさい。いや、一句、浮かびました。福猫と秋の夜長を楽しめり」

というわけで、黒猫はこの家に居つくことに決まり、より江の良い話し相手になった。

さて、ここで「この家」について説明しておこう。

夏目漱石の代表作『坊っちゃん』は、「四国辺のある中学校」に、タイトルの主人公が数学教師として赴任する小説である。坊っちゃんは同僚に下宿を紹介してもらう。そこは「鍛冶屋町《かじやちょう》」という士族屋敷の町である。同僚は親切にこう言って、坊っちゃんを案内する。原文は、こうだ。

「此《この》裏町に萩野《はぎの》と云つて老人夫婦ぎりで暮らして居るものがある、いつぞや座敷を明けて置いても無駄だから、慥《たし》かな人があるなら借《か》してもいゝから周旋《しゅうせん》してくれと頼んだ事がある。今でも借すかどうか分らんが、まあ一所に行つて聞いて見ませうと、親切に連れて行つてくれた。其夜《そのよ》から萩野の家の下宿人となつた」

小説の坊っちゃんは、作者その人ではない。

しかし作者は実際に四国の愛媛県尋常中学校（松山中学）に、明治二十八年四月九日、英語教員として赴任している。そして六月下旬に、二回目の下宿に決めたのは、松山市二番町の上野という家であった。この上野家が、『坊っちゃん』の萩野家である。

萩野家は、「親切で、しかも上品だが、惜しい事に食ひ物がまづい。昨日も芋、一昨日《おととい》も芋で今夜も芋だ。おれは芋は大好きだと明言したには相違ないが、から立てつゞけに芋を食はされては命がつゞかない」

毎日、さつま芋の煮つけに閉口した坊っちゃんは、卵をいくつか買い置きする。机の引き出しにしまっておいて、芋のおかずを平《たい》らげたあと、二つ取りだし茶碗の縁で割って、「卵かけご飯」にする。この卵が、ラストシーンで武器の役を果たす。赤シャツら俗物どもの顔に次々とたたきつける。恐らく漱石は、萩野家の芋の煮つけを書いている時に、ラストシーンに卵を使うことを思いついたに違いない。

より江は、旧姓を宮本といい、明治十七年（一八八四）申年の生まれである。母が病弱だったため、母の実家の上野家に預けられて育った。祖父は豪商の番頭を務めた人で、柔和な本好きだった。祖母は信心深い人で、琴三味線をたしなみ、陽気な性格のぬしだった。より江を、どういうわけか、折枝《おりえ》さん折枝さんと呼んでいた。

漱石の親友・正岡升（子規《しき》）は、明治二十八年八月二十五日に故郷の松山に戻ると、二十七日から上野家の離れに住んだ。二階を子規が使い、一階を漱石の部屋にしたが、毎晩、子規は自室に人を集め句会を催す。うるさくて、漱石は勉強ができない。そこで部屋を交換した。子規の家賃は、漱石が払った。口の奢《おご》った子規は毎日のように鰻重《うなじゅう》を取り寄せたが、これも漱石が肩代わりした。どころか月給日には、子規の布団の下に、そっと小遣いを忍ばせたという。子規はこの年の十月十七日に、上野家を引き払った。二カ月足らずの同居生活であり、子規はこのあと故郷の土を踏んでいない。

より江が学校から帰ると、祖母がふるえている。黒猫の姿が見えない。

「あれはお前、化け猫だったよ」

と意外な事実を告げた。

# ナルシス

より江は、首に手綱《たづな》を巻きつけた黒猫を抱いて、離れ家を訪ねた。十月初めの夕方である。

一階の正岡升の部屋には、俳句仲間が五、六人集まり、だべりながら丼鉢《どんぶりばち》に盛られた物をつまんでいる。

「よりさんか」升が手招きした。「珍しい食べ物だ。おあがり」と勧めた。

「夏目センセは？」

「ご馳走よりセンセか」升が苦笑した。天井に顎をしゃくった。「勉強中だろう」

「それ、何？」より江は丼鉢を見た。味噌の香りがする。なぜか、仲間たちが苦笑した。

「食べてごらん」升が箸でひと切れ挟んで、より江に差し出した。

「大根？」

「柿の漬物だよ」升が明かした。

「水戸の友人が送ってきた。四つに切って味噌漬にしたものだ。アシが柿好きなもので、変わった柿を送ってくれる」

「おいしいの？」

「珍しいものだ」

おいしいほどでは、ないらしい。

「昨年はね」升が仲間たちに言った。「この友人が焼き柿を送ってきた。いや、焼いた柿ではなく、生の渋柿なんだがね、焼くと渋が抜けるんだそうだ。友人の手紙にいわく、餅は猿に焼かせ、柿は大名に焼かせよ」

「ゆっくりと時間をかけて焼けというんだね」仲間の一人が、うなずいた。「で、味は？」

「アシは大名じゃない、猿なもので、待ちきれなくて味見をしたんだが、いや、渋いの渋くないの」

「どっちなんだ？」仲間がからかった。

「渋いんだよ。並の渋さじゃない」その時を思いだしたように、大仰《おおぎょう》に顔をしかめた。仲間たちが揺さぶるように笑った。

より江は試食せず、二階への階段を上がった。

「センセに伝えておくれ」升がより江の背中に声をかけた。「気が向いたら、運座《うんざ》に加わらんかと」

　皆で俳句を詠み、秀句《しゅうく》を互選するのである。升は毎晩のように愛好者を集め、運座を開いていた。より江も面白がって、部屋の隅で眺めていた。そのうち升が、よりさんも詠んでごらん、とけしかけた。皆の話を聞いているうちに、より江も俳句の基本をおのずと呑み込んだ。五、七、五、と左手を折りながら、たどたどしく詠んだ。升が真剣に一句ずつ添削してくれるのである。よりさんは、筋がいい、とほめてくれる。すると嬉しくて、一層、励んだ。

　夏目金之助《きんのすけ》（漱石）は座り机に向かって、厚い洋書を開き、ノートにページの文章を書き写していた。より江が襖《ふすま》を開いて挨拶すると、こちらに顔だけ振り返って、「お入り」と言った。机は窓ぎわに置いてある。入口のより江からは、センセの背中が目にうつる。センセは、洋書に写真のような物を挟むと、丸い座布団ごと体を一回転させて、より江と向き合った。より江はまず升の伝言を告げた。センセは苦笑し、

「今夜はよす。宿題があるのでね」と、階下から聞こえるにぎやかな話し声に眉をひそめた。そんなセンセの思惑を覚《さと》ったかのように、ぴたり、と声がやんだ。静かになった。それぞれ席題の句に挑み始めたのだろう。

「それは、犬かい？」センセがより江の抱いている黒猫を目で示した。

「猫です」

「何という名前？」

「名前は、まだありません」

「飼ったばかり？」

「一カ月になります」

「名前がなくては、飼うのに不便じゃないかい？」

「よその飼い猫かも知れないので、それだと悪いからつけないのです」

「なるほど。本来と違う名で呼ばれたら、猫もとまどうだろうしね」

「センセ。お願いがあります」より江は思いきって切りだした。

「名前かい？　猫の命名はちと苦手だな」

センセは江戸っ子らしく、せっかちで、早合点である。

「名前じゃないんです。この子、おばあちゃんが化け猫だと言うんです」

「図体が大きいから？」

「襖を手で開けるから気味悪いって」

「おや。確か猫は手で開けるよ。襖も障子も。重くなければ板戸だって横にすべらせるよ。器用に開けて外に出ていくよ。ちっとも変じゃないよ」

「でも」より江は、言いよどんだ。

「そんなことで化け猫扱いは、そりゃちと、かわいそうだね」センセが同情した。

「この猫、開けた戸を閉めて行くって言うんです」

「えっ？　開けた戸を閉めて行く？」

「開けっ放しにしていくのでなく、きちんと閉めて行くって」

「猫が？　この猫がかい？」

「開けて閉めながら、ニヤリと笑ったんですって」

「ニヤリと？　ニヤァじゃなく？」

「センセ。あたし、真剣なんです」

より江が、ふくれた。

「ごめんごめん」センセが、それこそニヤリとした。

「いや、ごめん。それでお願いと言うのは？」

「この猫、昼間、センセの部屋に置いてほしいんです」

「猫の居候か。そりゃ弱ったな」

「おばあちゃんが捨てていって、この子を、厄介がるんです」

より江は短く事情を語った。

薄気味悪くなった祖母は、より江が学校に行っている間に、女中のおまつに命じて猫を捨てさせた。ところが、いつのまにか、戻ってきてしまう。気がつくと、当たり前の顔をして、上野家の座敷に上がりこんでいる。二度三度試みたが、失敗であった。

祖母はこの猫はいよいよ化け猫に違いない、と確信してしまった。そこでより江に引導を渡した。お前のお父さんに頼んで、山奥に連れて行ってもらう。あきらめなさい。猫がほしいなら、きれいな子猫をもらってきてあげる。この黒猫は廊下を歩く時、まるで靴をはいているかのように足音を立てる。音を鳴らして歩く猫は聞いたこともない。山で育った猫に違いない。山に放すのが、この猫にとってもしあわせなのだよ。

「いや」より江は拒んだ。私の部屋で私が責任をもって飼う。首に綱をつけて、むやみにその辺を散歩させないようにする。人に決して迷惑をかけない。

陳情したが、祖母は耳を貸さない。明日、より江の父が訪ねてくるという。父に泣きつけば何とかなりそうだが、いかんせん、より江には学校がある。より江の留守に黒猫を父に処分してもらうのが、祖母の腹なのだ。

「センセ、お願いします」より江は深々と頭を下げた。「学校から帰ったら、あたし、引き取りますから」

センセは見事な口ヒゲをゆっくりとしごいた。いやや、まいったなあ、というように、しごきながら溜息をもらした。

「あの」より江が、先手を打った。「お下の始末は、この子、上手なんです。心配ありません」

ホウ、とセンセが口ヒゲの手を止めた。

「砂を入れた箱をおくと、自分からそこに行って、そつなくすませます」

「そつなく、ね」センセがニヤリと笑った。

「この子、お屋敷の飼い猫だと思います。体は大きいけど、身ごなしが上品ですから」

遠くで空の石油缶を叩きながら、子どもたちが何かわめいている。

「何だろう?」センセが耳をそばだてた。

「あさっての日曜は、おごらもちですから、その稽古です」

「おごらもち?」

もぐらもち、のことである。子どもたちが石油缶を鳴らしながら地べたを叩いて回る年中行事で、こんな歌を歌う。「おごらもちはお内にか。なまこどんのお見舞いじゃ」

もぐらは畑を荒らすので、退散を願って行うのである。家々を訪れて、菓子をもらう。

「よりさんも回るのかい？」センセが訊く。

　より江は微笑しながら黙って頭を横に振った。（失礼しちゃう。あたしは子どもじゃない）とこれはもう一人のより江の声である。

「センセ」と話題を変えた。「その、先ほどご本に挟んだ写真は、先日お撮《と》りになられたものですか？」

「なに、写真？」

　センセがおかしなほど、うろたえている。

「いや、これは」

「センセ。見せて。いいでしょう？　正岡さんが、ずいぶん男前に撮れた、とおっしゃっておりました」

「正岡が？　何を馬鹿な。お世辞だよ」

「お世辞かどうか、見せて下さらないとわからない」

　黒猫が、アアア、と声を出して大欠伸《おおあくび》した。

「その、何だ、居候を承知するよ」センセが急いではぐらかした。「ただし、私が居ない昼間だけだ。いいね？　君は学校から帰ったら必ず引き取るんだよ。約束だ」

「うん。指切りゲンマンする」

「よし。嘘ついたら針千本、だ」

センセがまじめな顔で唱えた。

より江は明朝、登校前に黒猫を連れて来ると言った。手綱は外してやりなさい、とセンセが言った。「何だか痛々しい。それと、おまるをわすれないようにね」猫の便器である。

階下に下りると、升が振り返って、「どうしたえ、センセは？」と聞いた。より江が告げると、「それで写真は見せてくれたかえ？」と言うので、二階の問答を立ち聞きしていたのか、とより江はびっくりした。

「頼んだけど、見せてくれなかった」

「そりゃ恥ずかしかったのじゃろう」

「本の間に隠してしまいました」

「ということは、本を読むふりして飽かず写真を眺めていたのじゃろう」

「変なセンセ」より江は失笑した。

「変なものか。男は誰でもそうじゃ。恋しいおなごは、ひたすら見つめていたい」

「えっ？」より江は息をのんだ。「あの写真はセンセの見合い写真じゃないんですか？」

「夏目センセは、ナルキッソスではないわな」

一座の連中が、どっと笑った。

「ナルキッソスって、何ですか？」

「ナルシス」升が紙に文字を書きつけながら説明した。

「水に映った自分の顔に恋してしまった美青年だよ。水仙の花になったそうじゃ。ギリシャの昔話。それで自己愛やうぬぼれの強い人のことを、ナルシストという」

「センセは女の人の写真を見ていたのですか？」

より江は惘然《ぼうぜん》とした。

「東京のお嬢さんらしい。かなりの美人だ。よりさんはどうやら袖《そで》にされたようだよ」

升がからかった。仲間たちが笑声で囃した。

翌日は土曜日で、学校は午前中で終る。校門前で級友と別れたより江は、まっしぐらに家路をめざした。黒猫が心配だったのである。ご飯は丼にいつもより多目に盛って置いてきたのだが、センセの部屋に悪さをしていないだろうか。センセの機嫌を損じたら追い出されてしまう。つい、早足になる。角を曲がったとたん、これも学校帰りのセンセとバッタリ。「おお」と驚いたのはセンセの方だった。

「その猫、どうした？」とより江の背後を指した。

黒猫が、いつのまにか、いた。

「君が連れだしたんじゃないって？」センセが目を丸くした。

「すると、この子が勝手に私の部屋から出てきたわけか。襖を開けて」ところが帰ってみると、襖が閉まっている。センセは階下の升に聞きただした。誰も二階に上がらぬと言う。窓には鍵がかかっている。

「するとこの猫は、襖を開けて出るや、自分で閉めてきたんだ」センセが口ヒゲをむしるようにした。

# いっぷり

「夏目センセは、いっぷりじゃ」

祖母がより江にこぼした。

いっぷりは、伊予の方言で変わり者のことである。

黒猫の居候に音《ね》を上げた夏目金之助が、黒猫が決して化け猫でないことを祖母に力説し、堂々とより江に飼わせてほしい、と頼んだのである。祖母は金之助の誠実な人柄に、手もなく惚れ込んでしまった。

「あの人は初めて会った時から、普通の青年とは雲泥《うんでい》の違いがある、と思っていました」

そう褒めたたえていたのに、一転して、いっぷりと決めつけたわけは、縁談だった。

「センセのような美青年が猫を抱いている図は、みっともないし、世間体が悪い。あたしがいいお嫁さんを探してあげます」

それには及ばない、と婉曲《えんきょく》に断るのに、祖母は次々に見合いの話を持ってきた。ついに金之助は、つむじを曲げてしまった。祖母との面談をいやがり、勉強を理由に部屋にこもってしまった。こまった祖母は、より江をダシにすることにした。より江と猫だけはお出入りが自由なのである。

「センセ」と部屋の外から、より江が声をかける。

「お入り」と金之助が返事した。

より江と祖母と黒猫は、一緒にするりと入室した。祖母を認めた金之助は苦い表情をしたが、さすがに、出ていけとは言わない。

「見合いの件は聞かない約束ですよ」と釘を刺した。

「聞かなくてよろしゅうございます。でもこれだけはしゃべらせて下さい」

祖母は押しが強い。金之助の渋面《じゅうめん》に構わず、一方的に新しい縁談の話をした。祖母の説明が終ると、センセは一言、にべもなく、

「断って下さい」

「ところがセンセ、相手が悪い」祖母がすかさず受けとめた。

「悪い相手って、誰のことです？」

センセは祖母の術中に陥《おちい》った。

「このお見合いの話をあたしにもたらした方ですよ」

「何が悪いんです？」

「センセが断られた、とあたしが告げても、まるで信用しないんです。あたしの報告を」

「あなたが嘘をついていると疑るのですか？」

「その通りです」祖母が大きくうなずいた。

「この方が話をお持ち下さったのは、これで三度目です。センセでなく、あたしが勝手に断っている、とかんぐって怒るのです」

「あなたがよけいなお世話をするからですよ」

「そんな身も蓋《ふた》もないことを言わないで下さいな。悪気があってやったことじゃありませんし。センセのためを思えばこそで……」

「一体どうしろと言うのです」

「センセが断る理由が知りたい、と言うのです。はっきりとした理由を」

「そんなものはありゃしません。縁談だの見合いだの、いやだから、いやと断るのです」

「センセはそれで構わないのでしょうが、世間様はそれでは納得しないのです。それにこのたびの紹介者は、ひと筋縄でいかない奥様でして。断る理由の証拠を見せてほしい、とくどくねばるのです」

「どこの奥さんですか？」

「名前は申せませんが、裁判官夫人です」

「証拠と詰め寄られても」センセは一瞬、まことに弱った、という表情をした。少年っぽい表情だ、とより江はおかしくなった。

「センセ」祖母がひと膝《ひざ》乗り出した。「センセはもしや、もう決められた女性がいるのではありませんか？」

「いいや」センセはびっくりした顔をした。

「本当にございませんか？」祖母がもうひと膝進めた。「嘘をついちゃいやですよ。いないとセンセが先だって断言なさったから、あたしは方々に声をかけたのですから」

「おりません」センセがまじめな顔になった。

「すると写真の女の人はどなたですか？」

「写真？」センセが、ギョッとした。

「婚約なさった方じゃありませんか？」

「いや、違う。あれは……」

「センセ。隠しても駄目ですよ。写真のこと、皆さん知っております」

「あれは、つまり、こんな娘がいるよという写真でね。見てくれ、と東京の兄から送られた」

「センセ、あたしにも拝見させて下さい」

祖母が膝行《いざ》って机の前のセンセに近寄った。より江も黒猫も続いた。

「あたしも証拠が見たい」

祖母が、せがんだ。

「見せびらかす物じゃありませんよ」センセが、ムッ、とした。「写真の当人に失礼です」

「センセの断りを裁判官夫人に伝えるあたしの立場もあります。正確に報告しなくては、相手は納得しないし、またまた新規の話を運んできて、果てしがありません。見るだけなら構わないじゃありませんか。下さい、とおねだりするわけじゃないのですから」

センセは、うんざりした表情をした。

「ちらっ、とだけですよ」

とうとう降参した。

洋書の表紙をめくって、写真を取りだした。この間より江が目撃した洋書とは違う本である。

「言い触らしちゃいけませんよ」

念を押しながら、祖母に手渡す。恭《うやうや》しく祖母が押し戴《いただ》く。それから両手で水を掬《すく》うような形を作り、写真に見入った。より江も脇からのぞきこむ。黒猫も人並に首を伸ばす。

大きな目をした、やや小太りの美人である。意志の強そうな目つきをしている。でも、よくよく見ると、涙もろそうな目つきである。皮肉を言いそうな口元だが、これもよくよく見ると、はにかんでいるような口元である。

（お姉ちゃん）より江は思わず呼びかけていた。むろん、心の中でである。

（より江ちゃん）写真の女性が、挨拶した。

（初めまして。よろしくね）こう言った。

「おるかァ」

階下から声がした。正岡升である。

「いるぞ」

センセが返した。急に息を吹き返したような、はずんだ返事である。

「団子を買うてきた。食いにおいでや」

「行く」

センセが勢いよく立ち上がった。

祖母が写真を返す。「センセ。この人はおいくつぞな」

「わからん」センセが写真を洋書に挟む。

「何というお名前ぞな」

「聞いていない」

「そんな異《い》なげな。名も年も聞かんで写真だけ預かるなんて」

「一緒に正岡の団子をご馳走にあずかりませんか？」

センセが、うながし、さっさと部屋を出ていった。祖母も仕方なく席を立つ。より江と黒猫も続いた。祖母がその時、聞こえよがしに、「夏目センセは、いっぷりじゃ」と言ったのである。

「ありゃあ」升が頓狂《とんきょう》な声を上げた。「客人かや。こりゃ団子が足らんのう」

「あたしはいいんですよ」

祖母が遠慮した。

「全体、何串買ってきたのだ？」

センセが訊く。

「五本ぞな」升が答える。「二人分だ」

「二人で五本、どういう配分だい？」

「アシが三本で、君が二本ぞな」

　センセが苦笑した。

「均等でないところが君らしいよ」

「そりゃ。金を出し買ってきた者が、多く食う権利がある。それに四本という本数は、何だか買いにくい」

「まあいい」センセが裁いた。「君が二本食え。僕とこの子と上野さんが一本ずついただく。それでいいだろう？」

「あたしはおなかがくちいから辞退します」

　祖母が手を振った。

「無理に勧めませんよ」升が嬉しそうに微笑んだ。「こうしよう。金主のアシは二本。君とよりさんは一本ずつ。残りの一本はジャンケンで負けた者の物」

「勝った方ではないのか」

「どっちだって同じことさ」

「気分的に違うだろう」

「だから面白いのさ。勝ちたくない、と出すジャンケンは、いつものジャンケンと違うからね」

「なるほど」センセは感心したような、しないような、あいまいな表情をした。

「ところで、おばあちゃん」升が団子をより江に渡しながら、祖母に言った。

「アシはあさってここを引き払いますけん、ご承知おき願います」

祖母はもとより、より江もセンセも予期しない宣言ゆえ、驚いてしまった。

「何でまた急に？」

「結婚ですらい」平然と言い放った。「アシも身を固めんと、まわりがうるそうて。それで東京で所帯を持つことにしました」

「お嫁さんは決まっているのですか？」

「これから探すのです」

またたく間に、一本、平らげてしまった。二本目に手を伸ばす。付け焼きの団子である。

「なに大丈夫です」祖母の機先を制した。「東京の裁判官夫人に頼んでありますから」

「まあ」祖母が、絶句した。

より江は串から団子を一つ外して、しばらく嚙み砕き、歯にくっつかないのを確かめてから、黒猫に「お福分け」した。黒猫は匂いをかいでから、もそもそと食べ始めた。

センセは何も言わず、あんまりおいしくもなさそうな顔をして食っている。

二串を腹に収めてしまった升が、「さあ、ジャンケンをしよう。負けジャンケンを」と気負い立った。「東京式でやるか。松山式で行くか。よりさん、選んでおくれ」

「僕は下りる」

センセが手札を全部投げた。

「この子にあげてくれ」

「あたし、おなかいっぱい」

より江も下りた。

「そうか。ならアシがもらおう」

言うより早く手を出すやいなや、パクリ。

「あらまあ」

祖母が目を見張った。

翌々日、より江が学校から帰ると、祖母が、「正岡さんがよろしくと言っていたよ」と告げた。

「えっ？　本当に東京に戻られたの？」

「三津浜港《みつはまこう》から船で行きよりました」

「本当だったんだ」

より江は、ガッカリした。升は祖母をからかって、デマカセを言っている、と思っていたのである。

「それでね、折枝さん（と祖母は呼ぶ）、あなたの句はこれが一番よい、これをていねいに清書しなさい、と言うとった」と紙片を差し出した。

学校で展覧会がある。出品物に迷っている、と升に話したら、俳句になさい、と勧められた。でも詠んでいる時間が無い、と訴えたら、これまであなたが作った句の中から選んであげる、と請《う》け合った。旅立ちのあわただしい合間を縫って、小学生との小さな約束を果たしてくれたのである。

紙片には、いつぞやの句会で、より江が升におだてられて詠んだ数句の中の一句が、達筆の文字で記されてあった。

「きのふけふ　霞《かすみ》そめけり　春日山」

より江は「昨日今日」と声に出して読み、句のあとに大きく書かれた「より女《じょ》」という名にとまどった。自分の名と思えなかったのである。

「より女だって」

祖母に見せると、「間違えたんだろうねえ」と言った。

升がいなくなって離れ家は、めっきり寂しくなった。升の取り巻き連が、集まらなくなったからだ。

より江はのちのち知ったことだが、升は病気治療のために東京に向かったのである。離れ家で何度か鼻血を出したり、喀血《かっけつ》していた。

冬休みに入り、夏目センセが上京した。なんでも見合いをするという。写真の、あのお姉さんだ。より江は直感した。そして、この見合いはきっと成功する、と確信した。

# 鈴虫

より江がにらんだ通り夏目センセは、写真の娘さんと見合いをするため、学校の冬休みに上京したのである。そしてその結果は、これまたより江の予測が適中したのである。

果たしてどのような様子であったか。

後年、より江は夏目センセの奥様に、実の妹のようにかわいがられたが、その時、センセとの見合いの逐一《ちくいち》を聞くことができた。

奥様の名は、鏡子《きょうこ》という。戸籍名は、中根キヨ。漱石の『坊っちゃん』に、坊っちゃんを子どもの時からかわいがり信頼する、清《きよ》という老女が出てくる(『門』にも同名の老女中が登場する)。清は多分、夫人の戸籍名を当てたに違いない、とより江は推量している。つまり、センセにとって夫人は、忠実無比のお手伝いさんというわけである。

お見合いに至るまでのいきさつは、こうだった。

センセには三人の兄がいた。長兄を大助《だいすけ》という。センセの英語の教師である。順調だったら、樋口一葉《ひぐちいちよう》と結婚していた。一葉の父とセンセの父は、警視庁で机を並べていて、お互いの子を結ばせようと語りあっていた。ところが樋口家の借財に恐れをなしたセンセの父が、手を引いたという。

次兄を栄之助《えいのすけ》という。明治二十年に長兄が死去、三カ月後の命日に次兄が追った。三兄が和三郎《わさぶろう》、のちに直矩《なおただ》と改名する。センセと七つ違いである。センセは、後年、『道草』という小説で、三兄をこう書いている。「健三の兄は小役人であつた。彼は東京の真中にある或《ある》大きな局へ勤めてゐた」「派出好で勉強嫌《ぎらい》で」「凡《すべ》ての時間は其頃の彼に取つて食ふ事と遊ぶ事ばかりに費やされてゐた」

芝の電信修技学校を出ると電話技手となり、牛込《うしごめ》郵便局に勤めていた。局の同僚に小宮山次郎八《じろはち》という者がおり、親しかった。小宮山は碁が大好きで、毎晩、碁会所に通っていた。中根という老人が彼の碁敵である。

ある日、中根が小宮山を自宅に誘った。二人が対局していると、中庭を隔てて子ども部屋が見えた。年頃の娘が、小さな妹や弟のご機嫌を取っている。小宮山が聞くともなく聞いていると、娘の言葉あしらいが実に気がきいている。頭がよい証拠である。そこで小宮山は、夏目という同僚の弟が大変な秀才で、警句の名人である、と何気なく老人に語った。

中庭に柿の古木があり、その根方に数珠玉《じゅずだま》の草がふた株繁《しげ》っている。そこから鈴虫の澄んだ声が響いてくる。繁みに虫籠《むしかご》が置かれているのだ。

老人が驚いたように顔を上げ、「あなた、その方を紹介してくれませんか？　お近づきになりたい」と頼んだ。打てば響く反応に小宮山の方がびっくりした。お安い御用です、興奮気味に請け合った。ただし、その者は現在、愛媛県の松山にいる、どうでしょう、まずお互いの写真を交換し、双方が気に入ったなら会うことにしては？と段取をつけた。老人に否《いな》やはない。

小宮山は早速、夏目和三郎に話をした。

老人の息子は中根重一《じゅういち》といい、貴族院書記官長であった。娘は重一の長女である。家柄は申しぶんない。和三郎はセンセに写真を送れ、と手紙を書いた。

小宮山が中根重一の履歴を調べると、かなりのインテリで、ドイツ語を学び、医学書の翻訳もしている。役人になる前、一時、東京書籍館（のちの帝国図書館）に勤めたことがあるらしい。センセがこの縁談に興味を抱いたのは、図書館に関わる家系である、という一事だったようだ。センセはひそかに図書館勤務を夢見ていたからである。

両家の取りもちは、もっぱら小宮山であった。何しろたまたま口に上せた一言が、おめでた話につながったので、それこそ瓢簞《ひょうたん》から駒、小宮山ははりきっていた。センセの写真を和三郎から預かると、中根家に走って行った。老人は写真をひと目見るなり、「頭のよさそうな青年じゃないか」と喜んだ。

「何でも帝国大学を二番で卒業したらしいです」小宮山は仲人口よろしく鯖《さば》を読んだ。

「ところでお孫さんのお写真は？」

「よせやい。お孫さんだなんて」老人が、はにかんだ。

「失礼しました。お嬢さんでしたね」

縁談に「老けた」言葉は、禁物だった。

老人が写真を差し出す。新聞紙に包んである。小宮山は、けげんな面持ちをした。見合い用の写真は、大体が写真館名入りの畳紙《たとう》に収めてある。これは何かの間違いだ、と小宮山は思った。それで、拝見してよろしいでしょうか、と願った。仲人の特権である。

「ああ。見て下さい」老人がうなずいた。

小宮山は包み紙を剝《は》いだ。写真は、こちらの娘さんではない。虫籠の鈴虫である。

「これは？」息をのんでしまった。「一体どういうことでしょうか？」

老人が、わが愛娘《まなむすめ》である、と大声で説明し始めた。それでわかったことは、老人がすっかり聞き違いをしていたのである。

警句の名人、という言葉を、飼育の名人と取ったのだ。老人は少々耳が遠い。小宮山は鈴虫の話題を持ちだしたものと早合点した。鈴虫に目の無い老人は、確かめもせず、小宮山の好意に飛びついたというわけだった。

二人は大笑いした。そこに重一夫人が茶を運んできた。哄笑《こうしょう》の理由を聞くと、夫人も声を上げて笑った。

他愛のない笑いから、本来の縁談が急激に進み、一気に見合いの場に至った。当事者の誰もが、うまく運ぶだろうと、信じて疑わなかったのである。

センセは学校の冬休みに上京した。そして見合いは、虎の門の貴族院書記官長宿舎で行われた。二階の、重一の書斎である。二十畳もあり、ストーブも燃えている。センセは付き添いなしで、単身、人力車でやってきた。

最初十五分ほどは重一夫婦が、センセに松山のことや教師生活などを質問した。センセは律儀に答える。その間、鏡子夫人の顔は一切見ない。やがて両親は席をはずす。二人きりになった。センセは何も言わない。鏡子夫人も、しゃべらない。夫人の妹が、急須を取り替えに来る。するとセンセが、コホンと空咳《からせき》を放つ。ありがとう、のつもりらしい。三度コホンが出たので、夫人は笑いだしそうになった。

センセが言いわけをした。

「ご両親にあらかた申し上げてしまったので、改めてお話しすることもないのです。何かお聞きになりたいこと、ありますか」

「いいえ」と夫人は答えた。

それで話が途切れた。しばらくしてセンセが、「僕は出世する人間ではありません」と言った。あとを続けるのかと思いきや、それきり、壁の書棚に目を向けたままである。

「将来のことがわかるのですか」夫人が答えた。

「えっ？」とセンセが振り向いた。夫人の笑顔にぶつかると、「いや、あの、その」とへどもどした。やんちゃ坊やが、いたずらを見つけられた時のような、あどけない一瞬のしぐさである。夫人は声を立てて笑った。センセも仕方なさそうに苦笑する。あと何を話したか、夫人の記憶にない。これといって話らしき話を交わさなかった。

けれども、夫人は少しも気詰まりでなかった。顔を見合わすわけでなく、むしろ互いに意識して視線をそらしていたのだが、居たたまれぬ、という気持ちはなかった。ずいぶん昔からの二人は知り合いで、何もかもわかっている。そんな思いだった。私はこの人と夫婦になる。前世から決まっていたのだ。いや、もう夫婦になっている。

そんな心持ちだった。

重一夫妻が現われ、祝い膳が運ばれた。重一がセンセに一献勧めた。センセが、

「お恥ずかしいが不調法なのです」と断った。

「いや、よかった」重一が妙な世辞を言った。

「実は私もだめなのです。お返しに一盃と言われたら、どうしようと案じていました」

本当なのである。センセはビールをひと口飲んだだけでまっ赤になるが、重一はその量でひっくり返ってしまう。重一がセンセを気に入ったのは、自分と同じ下戸だからであった。下戸の者は酒好きが信用できない。

酒の応酬がないため、一同は、食事に移った。料亭から取り寄せた仕出し弁当である。三つ重ねのお重で、一つには赤飯、一つには色とりどりの肴《さかな》、残りの一つには尾頭つきの鯛が詰まっている。

「いただきます」センセが吸物椀の蓋に手をやった。ところが吸いついて、開かない。センセはあっさりあきらめて、赤飯をひと口頬ばった。そして次に鯛の腹にぐさりと箸を突き刺したので、夫人は驚いた。大きく肉をえぐり取ると、平気な顔で口に入れた。入れてから、どうも妙だな、と思ったらしい。隣の重一夫妻の様子を、ちら

っと盗み見た。皆、肴をつまんでいる。

夫人は紅白の蒲鉾の紅の方を箸で挟んだところだった。センセがあわてたように、やはり蒲鉾に箸を出した。夫人が煮豆をつまむと、センセも煮豆をつまんだ。

後日、夫人がセンセから聞いた話では、見合いから帰ったセンセは、どうだったと兄に問われて、失敗した、としょげたという。

「何が失敗した？」

「見合いの作法を勉強しなかったから、恥をかいた」

「学問の本ばかり読むからさ。ところで失敗したのは何だ？」

センセがみやげに持ち帰った折詰を開けた和三郎が、あっ、とのけぞった。

「どうしたんだ、この鯛？　まさか鼠にかじられたのであるまい」

「それが失敗の名残り」

「箸をつけたのか。馬鹿だなあ金ちゃんは」

センセは兄たちに金之助でなく、金ちゃんと呼ばれていた。

「この鯛は引物《ひきもの》の鯛でお持ち帰り用、その場で手をつけるものじゃないんだ」

引物というのは、みやげのことである。

「箸を入れてから気がついた。仕方ないからひと口だけ食べて、やめた」

「世間知らずのお坊っちゃんと思われたに違いないよ。今回の見合いは、確かに失敗だな」

「この次は気をつけますすよ」

「失敗はともかく、どうなんだ、相手の印象は？」

「歯並びの悪い娘なんだが、笑う時に手で隠さない。実に大らかだ。そこが気に入ったよ」

「変わり者の金ちゃんだけあって、見る所が違うね。先様の返事次第だが、鯛のひと刺しはお咎《とが》めなしということになったら、話を進めるよ。いいね？」

「やっぱり、お咎めがあると思いますよ」

センセは自信がなかったようだが、鯛の一件は中根家では「気どらなくていい」と評価していた。鏡子夫人にも不満はない。

婚約が成立した。センセはずっと松山に居るつもりはない。東京に働き口を見つけるつもりであった。その時に結婚式を挙げよう、と両家で話しあった。

ところが思惑通りに運ばなかった。センセは熊本の第五高等学校に転任することになったのである。東京でなく熊本。

当分、東京には帰れないかも知れない、とセンセは中根家に申し送った。あんまり待たせるのも心無いので、婚約は解消してほしい、と書き添えた。

本心ではない。熊本で構わぬというなら来て下さい、という反語である。夫人はそのように受け取った。私も火の国（肥《ひ》の国・肥後《ひご》熊本）に参ります。一緒に焼かれます、と返事を出した。

明治二十九年になった。年明けの九日に、センセが松山に戻ってきた。より江は黒猫が行方不明になったので、必死に探していた。元日から姿を消したのである。「いつかは皆、別れなくちゃならない」とセンセがより江を慰《なぐさ》めた。

# 静御前

夏目センセは、熊本の第五高等学校（五高）への転任が正式に決まり、明日の朝、三津浜港から出立することになった。

より江は祖母と一緒にセンセの旅支度を手伝った。寝具や衣類、本などは、すでに熊本に送っている。センセの大学時代の親友、菅虎雄《すがとらお》宅あてだ。菅は五高のドイツ語教授で、センセを五高に斡旋《あっせん》した人物である。

荷物の大半は、本だった。本の整理をしていた時、読みたい本があるならあげるよ、と言われて、より江は、『保元物語』『平治物語』の軍記と、『草木図譜《そうもくずふ》』という江戸時代の植物図鑑を選んだ。

「妙な本が好きなんだね、よりさんは」と言われて、より江は恥じらった。

「この子は母親に似て、小説が大好きで。でも小説より絵を描くのが、更に好きなようで」と祖母が孫に代わって弁解した。

「独り言を言いながら、ずっと描いています。何が楽しいのだか」

「ほう」とセンセが目を細めた。

「それなら、よりさんの好きな画集を買ってあげる。僕からのお礼だ」

そう言ったのだが、センセはその時の約束を覚えていて、旅支度がすっかりできあがると、「さあ、よりさん、これから町に出よう。画集だよ」とせきたてた。

「センセ、この忙しいのに、おやめなさい」

祖母が引きとめる。

「なあに、のども乾いたし、小腹も空いたし、虫押さえがてら、気分晴らしにぶらついてきます。松山とも明朝はお別れだし、なごりを楽しんできます」

ちょうど折よく、高浜清《たかはまきよし》が顔を出した。

のちの俳人、高浜虚子《きよし》である。虚子の俳号は、正岡子規の命名で、清は正岡が自分の後継者と見込んだ、同郷の愛弟子であった。

この年、清は東京専門学校（現在の早稲田大学）の学生で二十二歳、夏目センセと正岡升より七歳下である。より江の十歳上になる。兄の病気見舞いに、清は松山に帰ってきていた。

四年前の中学生の夏休みに、正岡に紹介され、センセを知った。以来、センセは何かと清の相談に乗ってくれた。清は何より正岡の期待とひいきが、重荷であった。俳句でなく、小説を書きたかった。その希望を、直接言えないのである。闘病中の正岡をガッカリさせたくなかった。落胆のあまり、命をちぢめるかも知れない。そう危惧するほど正岡は清の才能を買っており、逸材に惚れ込んでいた。センセは別にこうしたらよい、と妙策を示すわけでなく、君はまだ若いのだから、今はいろいろ勉強した方がよい、正岡は病人だから、どうしても気が逸《はや》るのだ、と言うのである。苦にせず、軽くいなせ、ということだろう、と清は捉え、センセに愚痴を聞いてもらうだけで、モヤモヤが晴れるのだった。

明朝、センセと同じ船で松山を離れる予定だった。その確認のために、センセに会いに訪れたのである。

「出るところだ。お供をしないか」センセが清を誘った。

三人は、湊町に向かった。より江の右手をセンセが取り、左手を清が取る。より江はスキップしながら歩く。自然に、鼻歌が出る。

「それは何の歌だい?」センセが江戸弁で訊く。より江は声に出して歌う。

「ならのみやこのその昔、みやびつくして宮びとの……」

「琴歌かい?」

より江は、吹きだした。

「唱歌ですよ」

「フーン」センセが感心する。より江の真似をして口ずさんだが、ものすごい音痴だった。清が失笑すると、「子どもの歌を大人が歌うと大抵こんなものさ」と負け惜しみを言った。

より江は、ふいに悲しくなった。

センセとこうして語りあうのは、今日が最後なんだ。センセは遠くに行ってしまう。もう二度と会えないかも知れない。

センセがより江宅に下宿し、たった十カ月、正岡の升《のぼる》さんとは二カ月足らずの交遊である。

三人で、よくこんな風に手をつないで、町を散策したり、芝居に出かけたものだった。より江がよそ見をしたり、珍しい物を見つけると立ち止まって、その物と問答を始めるので、しばしば二人に置いてゆかれる。そこで升が、手をつなごう、と言い出したのである。センセは初め、照れくさそうだった。

そうそう、あれは昨年の夏の終り、三人でお祭の縁日をひやかしに出かけた。家を出てまもなく、センセが、より江の手を握ったまま、急に立ち止まってしゃがんだので、より江は体が前のめりになった。

「ごめん、ごめん」センセが、謝った。

「どうも歩きにくいと思ったら、下駄を履き違えてきたらしい」

「他人の下駄かいな」升さんが笑った。

「片方は僕のだが、こちらは君の下駄ではないか。歯の高さが異なるんだ」

「アシのではない。今履いているのが、アシのだから」

「左右の高さが違いやしないか」

「ばかな。そんなら履いてすぐ気がつく。君は今頃気がつくなんて、抜けてるよ」

「変だなとは思っていたんだが」

「ゆうべ句会にやってきた者が履き違えて帰ったんだな。そのまま帰宅したとなると、そいつは君に輪を掛けて抜け作だな。一体どいつだろう？」

「まいったな」センセが情けなさそうな声を出した。ようやく歩きだした。

「縁日に下駄の出物があるだろう。新調すればいいさ」升さんは他人事だから心配しない。

お祭帰りの三人連れが、すれ違った。しばらく行ってから、どっと笑った。センセは自分が笑われたと思ったらしい。

「行くのはよそうかな」また立ち止まった。

「明るい所を歩くのは、まずいよ」

「誰も人の足元なんか見ないよ。君は自意識過剰というやつだ。縁日で人の目の集まるのは、立てば芍薬《しゃくやく》、歩く百合の花だけだ」

「君といると、いらいらする」

「それも君の自意識が強すぎるせいさ。そうだろう、よりさん？」

升さんは無責任にも、より江の同意を求めてきた。センセは、わざと大股に足を踏みだした。より江は右手を引っぱられる。升さんも、引っぱられてよろめいた。

しかしセンセの方が大きくよろめいた。より江にぶつかってきた。升さんが踏んばって、二人を受けとめる。病体の升さんは、息を切らしている。「どうしたい？」あえぎながら言った。

「鼻緒が切れた」センセが、溜息をついた。

「弱り目にたたりめ、だな」升さんが同情した。

「センセ。あたしが、すげてあげる」

より江は袂から布の切れ端を取りだした。升さんがセンセに肩を貸す。センセはその肩につかまって、片方の下駄を脱ぐ。より江は、しゃがんで、鼻緒をすげかえる。

「さすがに女の子だねえ」升さんが感心する。

「ちゃんと布きれを用意している」

「この間、おばあちゃんに教わりました」

より江は手際よく進める。

「よりさんは、いいお嫁さんになれるよ」

「何も奢りませんよ」

「そういう言葉が、ポンと出てくるところが、男にはたまらなく嬉しいもんなんだ。よりさんの理想の女性は、誰だい？　ナイチンゲエル？　北条時頼の母、松下禅尼《ぜんに》かい？　それとも中江藤樹《とうじゅ》の母かい？」

「静御前《しずかごぜん》です」

源義経の愛人である。

「ほう？　こりゃ意外や意外。踊りが上手だから？」

静は京の、歌舞《かぶ》にひいでた遊女である。

「ひたむきさが大好き」

「こりゃ、隅に置けないね」升さんが、ヒューと口笛を吹いた。

兄の頼朝の怒りを買い、逃げる羽目になった義経は、吉野山で静と別れる。静は捕えられ鎌倉に送られる。頼朝と北条政子らの前で、静は義経恋しの歌を歌い、舞いを舞う。しずやしず、しずのおだまき繰り返し、昔を今になすよしもがな……

「はい、できました」

　センセの足元に、差し出した。

「ありがとう」センセが突っかける。キュッと下ろしたての帯を締めたような、いい音がした。

「きつくないですか」

「丁度いい」

「お安くないぜ」升さんがセンセの肩を、軽くどやした。

「これでより江さんが桃割れ髪の妙齢で、満月の晩であったなら、間違いなく恋の花の咲く場面だ」

「通俗きわまる」センセがまじめに眉をひそめた。

　そんなことが、あった。


　湊町の本屋で、より江はセンセに画集を三冊買ってもらった。センセは漢詩の本を買い、清は小説本と雑誌を求めた。人力車を二台雇い、一台にセンセとより江が乗って、道後温泉に向かった。松山の思い出に、温泉に行きたい、と言いだしたのはセンセだった。おそらく、今後、この地を踏むことはないだろうから、と清に話すのを聞いて、より江は悲しくなった。

道後温泉は建て直されて三層楼《さんそうろう》ができたばかりだった。八銭で入浴が楽しめ、茶と菓子が出た。畳敷きの大広間で、男女が浴衣に着替えるのである。赤い襷掛《たすきが》けのお姉さんが、板場稼ぎ（衣類泥棒）に目を光らせている。

より江はセンセと清の荷物を守って待つことにした。センセと清が、自分の分の茶菓子をくれた。湯から上がったセンセは、途中の売店で道後煎餅を買ってきてくれた。赤や青など色とりどりの、甘くない煎餅である。そして食堂で鶏飯《とりめし》をご馳走してくれた。

「おばあさんに記念の色紙を預けておいたから、帰ったらおもらい」とセンセが、より江に言った。

「おや。いいですね。句ですか？」清が羨ましがった。「どんな句です？　披露して下さいよ」

センセが手帳を取りだした。黙って開くと、清の目の前に提示した。清が読み上げる。「別るゝや　一鳥啼《いっちょうな》いて　雲に入《い》る　愚陀仏《ぐだぶつ》」

いいですね、と感心した。

「ぐだぶつ、って何ですか？」より江が訊いた。

「これね。夏目さんの俳号。愚かな阿弥陀仏如来さま。今日で引き払う夏目さんの下宿、そうそうあなたの家の離れ、あそこを愚陀仏庵というんです」

　フフフ、とセンセが含み笑いをした。


　翌朝、センセと清は、三津浜港から船で立った。センセが勤めていた松山中学の校長と、村上という俳句を詠む人と、そしてより江の三人が見送った。

「センセ。色紙をありがとうございました」

　より江は祖母に託された「もぐり鮨《ずし》」の重箱を、センセに渡した。松山のちらし鮨である。鯵《あじ》、鱧《はも》、人参、蓮根、椎茸、莢《さや》豆、高野豆腐、干瓢《かんぴょう》など、色鮮やかな鮨である。

「おばあちゃん、何か言っていたかい？」

「愚陀仏なんて縁起の悪い、と言ってました」

　フフフ、と笑った。

「お嫁さんに会いに行っていいですか？」

「おいで。ご馳走するよ」

「指切りゲンマンですよ」

船が出た。センセと清の顔が、みるみる遠ざかる。その時だった。センセの足元から黒猫が姿を現わし、より江に手を振った。より江はあっと叫び、猫を呼ぼうとした。呼ぼうとしたが、猫には名前が無い。

# 第二章

# 大人

# 熊本へ

夏休みに入った。

より江は、東予《とうよ》に住む両親の元に帰った。

前にも述べたが、鉱山技師の父は母と一緒に、鉱山の事務所近くの社宅に住んでいる。山奥だから学校が無い。学齢を迎えたより江は、そのため、松山市内の祖父母（母の親）宅に預けられ、松山二番町小学校に上がった。

学校の休暇期間は、両親と生活を共にするのである。尋常小学校一年生の時から、ずっとこの繰り返しであったので、より江には今では当たり前の生活だったが、心の隅には離れて暮らす肉親を恋う寂しさがあったのだろう。より江が動植物や物に対して、親しく話しかける癖（はたの者には、独り言のように聞こえる）の生まれたゆえん、といっていい。

その癖は東予の鉱山に帰省した折の方が、激しい。何せ社宅には、より江以外に子どもの姿が無い。日中は病気がちの母と二人きりである。母は必要な口だけきく人で、ひっそりと小説を読んでいる。より江の小説好きは、母譲りであった。読書に飽きると、漱石センセに買ってもらった画集を眺めたり、模写して過ごした。夕食の時間に、父は事務所から退《ひ》けてくる。何よりの好物は素麺《そうめん》である。茹でたてを、冷たい湧き水に浸けて食べる。湧き水が、出し汁の代わりである。素麺は塩気が強いので、これで丁度いい塩梅《あんばい》だと、より江にも勧める。一度口にしてみたが、全くおいしいと思えないので、より江は母と炒子《いりこ》ダシの汁で食べる。

「そうそう。より江に葉書が来ていたよ」

父が思いだして、書類カバンから取りだした。事務所には毎日郵便配達がある。

「あっ。センセだ」より江は、腰を浮かせた。

「担任の先生かい？」父がのぞきこむ。

「違う。愚陀仏《ぐだぶつ》のセンセよ」

「熊本の五高に転任なさったというセンセだね。おや？　猫の暑中見舞いだね」

黒猫が手招きしている絵が描いてある。

「暑クテ毛皮ヲ脱《ぬ》ギタイ。尤《もつと》モ熊本ハ火ノ国ダカラ、暑クテ当然サ。御元気デスカ」

「この子、センセの家に居るんだ」より江が叫ぶように言った。

「この子って？」母が問うた。

「絵の黒猫。おばあちゃんちに迷い込んできたの。センセにくっついて熊本に行ってしまったのよ」

「熊本に？　まさか？」母が本気にしない。

「だってこの絵、そっくりだもの。ね、お母さん。あたし、熊本に行きたい」

「猫に会いに？」

「センセにも会いたい。奥様に会いたい」

「あなたが、もう少し大きくなったらね。熊本は遠いのよ。遠すぎて、無理」
四、五日して、松山の祖父が、社宅に突然やってきた。
「夏目先生の葉書は届いたかい？」とより江に尋ねた。

「そう、私が回送したのさ。松山に届いたからね。より江はこちらの住所を知らせなかったのだね？」

「だってセンセの住所、知らないもの」

「引っ越し荷物を送っただろうに」

「あれはね、センセのお友だちの家。すぐに移るって言っていたもの」

「返事を差し上げる時、ここの住所を書くといい。夏休み中は、こちらに居ると書き添えなさい」

「お父さんは、何からうちのに御用でいらっしゃったのですか？」母が訊く。

「いやさ、より江がこちらでは海遊びができないって、いつかこぼしていたから、真似ごとをさせてやろうと思ってね」

翌日、屈強の若者四人が、蓋《ふた》付きの風呂桶を荷《にな》って山を上がってきた。桶には海水が入っていた。桶を庭先に据えさせた。祖父が若者たちに賃金を支払った。安くない海水である。さあ、裸になって入りなさい、と祖父がより江をうながした。

「お父さんの道楽が始まったわね」母が渋い顔をする。

「お前、風呂桶が漏るので買い替えたい、と言っていたじゃないか。どうせ桶を運ぶなら、中身を詰めた方が得だよ。海水なら塩湯で何度か沸かし直しができる。塩湯に浸かったあと、真水の沸かし湯で洗い流せば、さっぱりするぞ」

そこへ父が、あたふたと帰ってきた。

「大変だ」そう言って、義父に気づいた。「おや、お父さん、どうしました？」

「塩湯を出前したら、娘にたしなめられたのだよ。洒落のわからぬ朴念仁《ぼくねんじん》だからね」

「誰から生まれた朴念仁だか」母が、とぼけた。

「ところで、何が大変なんだね？」祖父がまじめな顔をした。

「実は急に出張を命じられたのです」

「ほう。どこ？」

「五木村《いつきむら》といいまして、秘境です」

「五木村？　どの辺？」

「熊本県の人吉から入った五木鉱山の近くに、新しい鉱床《こうしょう》が見つかったというのです。鉱物の精査に行かなくてはなりません」

「お父さん！」

庭に下りようとしていたより江が、小耳に挟んだ。血相を変えて、座敷に戻ってきた。

「あたしも熊本に行く。連れてって！」

「一体どうした騒ぎかね」祖父が目を丸くしている。

「夏目先生の葉書ですよ」母が説明した。

「センセと約束したの」より江が祖父にすがった。「遊びに行くって約束したの。奥様に会わせてくれる、ご馳走してくれる。だから是非おいでって、センセが」

「そりゃ、お世辞よ」母が苦笑した。「大人の挨拶というものよ。引っ越しする時に、誰もがお愛想に述べるのよ。お近くにいらしたら、お立ち寄り下さいって。真に受けて、顔を出したら、いやがられる」

「センセは嘘をついたわけ？」

「嘘ではないけど、決まり文句なのよ」

「センセは指切りゲンマンした」より江は言い張った。「絶対、嘘じゃない」

「まあ待てよ」父が割って入った。「より江。お父さんは仕事で出かけるんだ。こちらよりも深い山奥に入るんだ。お前を連れて行ける所じゃない。先生は熊本市内にお住まいなんだろ？　お父さんはお前を先生宅に連れて行く時間も余裕もないんだ。第一、いつ帰ってこられるか、わからない。つまり、お前を熊本で一人ぼっちに置くことになる」

「わしが一緒に行こうか」祖父が、ボソリ、と口を挟んだ。

「何を言いだすのよ」母が睨んだ。

「何をって、わしは暇人だからさ。より江の折角《せっかく》の夏休みを、こんな辺ぴな所で過ごさせるのが不憫《ふびん》なんだよ。大人になって、なつかしく思いだす筆頭が旅だとは、お前だってわかるだろう？　この子にいい思い出を作ってあげるのは、親の役目でもある」

「お父さんに、ついてきていただこう」父が母に言った。「その方が私も安心だ」

「バンザーイ」より江がバンザイした。

「お前は二番町に行って、バアさんの相手をしておくれ」祖父が母に命じた。「わしは、ここから旅立つ。熊本に着いたら居場所を知らせるから、お前はバアさんにもらって送金しておくれ」

「すみませんね、おとうさん」父が恐縮した。「会社からは私の分しか旅費が出ないもので」

「そりゃそうだろう」祖父が笑った。


という次第で、より江は祖父と熊本の研屋《とぎや》という旅館にいる。父とは先ほど別れた。父は八代《やつしろ》方面行きの汽車に乗った。八代に父の会社の出張所があり、柿追という鉱山を管理している人と打ち合わせをするという。

より江は早くセンセと会いたく、祖父をせかせた。センセと、まだ見ぬ夫人に、ご挨拶したい。

「まあ、ここまで来たんだ、あわてることはない」祖父が制した。「いきなり訪ねるのは非礼だよ。先方のご都合を伺ってからだ。これからお使いを出す。ご返事を待って、それから手みやげを調《ととの》えて、おめかしをして、御輿《みこし》を上げるのだ」

「御輿って?」

「そろそろ立ち上がって動く、という意味だ」

祖父は、松山の伊予絣《いよがすり》専門問屋の一番番頭を務めた人だった。やり手の番頭として、業界で有名だった。取引のため、各地を飛び回っていた。だから旅慣れている。現在は若い時の反動のように、座敷にこもりっきりで、一日中、本を読んでいる。漱石センセとは、センセが下宿を頼みに来た際に、挨拶しただけで、センセが引き揚げるまで、親しく会話を交わしたことは無いらしい。

「こんなことなら、仲よくなっておくべきだったな」

祖父が夕食の時に、悔やんだ。どうやら、センセ宅の敷居が高いようだ。訪問の可否と日時を聞きにやったお使いが戻ってきた。明日の午前十時にお待ちする、という返事だった。

「より江。手みやげを見つけに行こう」祖父が、うながした。

町は、人があふれていた。蒸し暑くて、家の中に居られないので、夕涼みに出てきたらしい。しかし、戸外はそよとも風が無く、室内にいるより暑く感じた。

「おみやげは何がいい？」とより江が訊く。

「何にしようかねえ。センセは何がお好きだい？」祖父が汗を拭った。

「食べ物？」

「食べ物と限らないさ。好きな物を差し上げた方が喜ばれるだろう」

「本」

「何の本だい？」

「何の本って」そう聞かれても、こまる。

「本なら喜ぶと思う」

「いや」祖父がかぶりを振った。「本の好みくらいむずかしいものはない」

「本屋」より江が、立ち止まった。

薄暗い店の本屋である。軒に、むずかしい漢字の屋号を刻んだ、古めかしい木目の板の額が掲げてある。「古書肆　舒文堂」

「何て読むの？」

「こしょし。じょぶんどう」祖父がすらすらと読んだ。

「どんな意味？」

「文学や文章をゆるやかに穏やかに、展《の》べて広げる古本屋、という位の意味だな」

瓦《かわら》屋根の商家が並ぶ中に、この本屋だけが藁《わら》屋根であった。店内が薄暗いはずだ、この店だけが吊りランプの明かりである。客が一人いて、土間に置かれた縁台の本を見ている。正面奥の帳場に、主人らしい中年の男が大福帳に筆を走らせている。主人は今どき珍しいチョンマゲを結った頭であった。

祖父が何かを見つけたように、つかつかと店に入って行った。より江は入口で待った。子どもが気軽に踏み込める雰囲気の店屋ではない。

「ちとお伺いいたします」祖父がていねいに主人に辞儀をした。「こちらに、もしや、第五高等学校の、夏目金之助《きんのすけ》先生がお見えになられませんですかな」

主人が祖父を凝視した。

「あなたは、どちらさんでしょうか」と問うた。

「これは失礼いたしました。私は夏目先生が愛媛尋常中学校にお勤めの時の下宿のあるじで、上野義方《よしかた》と申します」

「夏目先生には当店をごひいきいただいておりますが、どのような御用ですかな」

「なに、さしたる用ではございません。夏目先生が日頃どのような本をお求めか、お聞きしたいのです」

主人の顔が、みるみる険悪になった。「断る！」そっぽを向いた。

「お気を損ねられてはこまります。私は夏目先生の手みやげに、先生の好みの本をお宅で購入するつもりなのです」

「だから断ると言っている」もはや喧嘩腰だった。「帰ってくれ。無礼者！」

「どこが無礼なのか説明して下されﾞ」

# 白玉

チョンマゲを結った古本屋主人の声は、すこぶる大きい。道行く人が足を止めて、店をのぞきこむ。人だかりが、ふくらむ。

より江は居たたまらず、店内に走りこみ、祖父の後ろ帯に縋《すが》りついた。帰ろうよ、と帯を引っぱった。

「まあ、待ちなさい」祖父がより江に言った。

「これは喧嘩じゃない。客の私が何も失礼なことをせんのに、咎《とが》められたのだ。理由を聞かせてもらわねば、引き下がれぬ」

祖父があるじに穏やかに、しかし、毅然とした口調で迫った。

「さあ、私のどこが無礼なのか、教えていただきたい」

「あなたね、この節、お客さまの本の好みを本屋に尋ねることが、どんなに無神経なことか、その齢《とし》ならわからないはずがあるまい」

「わからないから聞いている」

「本屋が見ず知らずの者に、いや、懇意の者にだって、客の好みを教えるなんてありえない。これは本屋の倫理だ」

　店主がジロリと祖父を睨んだ。

「本を選ぶということは、自分をさらけだすのと同じなんだ。つまり、自分の思想を明らかにすることだ。本屋はそれを知る商売だ。客の頭の中を秘密にするのは、当然ではないか」

「なるほど」祖父が、うなずいた。

「権力者はそれをご存じだから、書店を狙っている。書店の客に目をつけている。本屋が奴らの口車に乗って、ぺらぺらしゃべってみろ。自由民権だろうが借金党、困民党だろうが、戦争反対だろうが、片っぱしから引っ括られる。それどころじゃない、書物を売ることが禁じられる。書物を作れない。書物を書くことさえできなくなる」

　おじさん、これ、おいくら？　店にいた客が突然、口を挟んだ。右手に持った本を、店主に向けて掲げた。より江が見ると、『仏語独習《ふつごどくしゅう》』とある。五分刈りの童顔である。学生らしい。

「お客さん、悪い、ちょいと見せておくれ」

　店主が立ち上がった。学生が帳場に歩いてきて、本を差し出す。店主が表紙をめくって、そこに記された符丁を見ている。この頃の古本屋は、客と相対尽《あいたいずく》で販売していた。掛け値取引である。値引き無しの古本の正価販売は、明治末に岩波書店が最初に行った。

学生と売買が成立し、あるじが古新聞紙で本を包みだした。学生が金を払いながら、祖父に声をかけた。

「夏目先生には、夏休み明けから、英語を教わる予定なんです」

「おや？　あなたは五高の生徒ですか？」祖父が目を丸くした。

「先月入学したばかりです」

七月十四日が入学式だった。当時は九月なかばが始業式である。

「夏目先生の住所をご存じなんですね？」学生が祖父に尋ねた。

「ええ」祖父が、うなずいた。「確か、下通町《しもとおり》……」

「俗に光琳寺《こうりんじ》町といってね」店主が学生に本を渡しながら言った。さきほどの剣幕はどこへやら、ごく普通の声音だった。「ここは上通町《かみとおり》だから、この道をまっすぐ行った所だよ」

「ありがとうございます」祖父がていねいに礼を述べた。「お騒がせしました。申し訳ない」

「いやいや」店主が急にうろたえた。チョンマゲに手をやりながら、「こちらこそ大人げなかった。かんべんして下さい」

　でも、と声を低めた。

「夏目先生はうるさい先生でして。当店で何の本を求めたか、なんてことを吹聴《ふいちょう》すると、大目玉を食らいます。お察し下さい」

「いいことを聞きました。夏目先生のお好みの本を手みやげに持参したら、こちらが怪しまれます。勉強になりました。ありがとう」

　祖父とより江は、古本屋を出た。人だかりは、無い。学生が後ろからついてきた。

　より江に並ぶと、ぺこりと頭を下げた。

「同道させてくれませんか？　いや、先生には会いません。家を知りたいんです」

「今夜は行きませんよ」祖父が答えた。

「明日の朝お伺いする約束なんだ」

「あれ？　そうなんですか」学生がガッカリした態《てい》で立ち止まった。

「あのね。センセに喜ばれるおみやげを買いに行くのよ」

　より江が教えた。

「おみやげ？　ああ、それなら飴がいい」学生が微笑した。

「飴？」

「朝鮮飴。園田屋といったかな。僕、こちらに着いて、両親に送ってあげたら、大変喜ばれた」

「あなた、郷里はどちらですか？」祖父も足を止めた。

「土佐です。高知です。寺田寅彦《てらだとらひこ》といいます」

「ああ。寅年の生まれ。すると……」

「明治十一年です」

「十九歳か。お若い。夏目先生を尊敬なさっているのですか？」

「入学式の挨拶を聞いて、他の先生と違うな、と思いました」

より江が嬉しそうに祖父の後ろに回り鼻を鳴らした。

「それであなた、何を勉強なさるつもり？」

「工科を修めます」

「ほう。それはお固い」

「仏教の学問でしょう」より江が訊いた。

「仏教？　どうして？」寺田が不審がる。

「だって、さっき買った本」

「ああ、これ」寺田が苦笑しつつ、右手の新聞包みを開いた。

「仏語ってのは、仏様の言葉でなく、フランスの国語です」

「外国語を独習とは、また、ご立派ですな」

祖父が感心した。

「全く初めて学ぶんです。この本、陸軍の兵隊さんが使ったものらしく、演習帰りに求む、とあります。フランス語の脇に、鉛筆で読みが書き入れてあるのです。片仮名で。これは便利、と飛びつきました。古本はありがたいです」

「明日の朝、先生宅へご一緒にどうです？」

祖父が誘った。高知出身のこの学生が、大いに気に入ったようである。

「いや。僕は行きません。用も無いのにお邪魔したら、無礼なやつと思われます」

「偉い。では用事のできた時に訪問なさい。住所を教えてあげよう」

祖父が告げると、寺田が手帳に書きつけた。手帳を持っていることに、より江はいたく感動した。

　翌日、より江と祖父は、漱石宅を訪ねた。祖父は昨夜散歩中に食べた白玉で、おなかを冷やしすぎた、と青い顔をしている。旅館の仲居に頼んで、手みやげ用に西瓜《すいか》を買ってきてもらった。それが大層な大玉で、提げて行くには重すぎるので、また腹痛のこともあり、二人用の人力車を呼んだ。

センセの家は、光琳寺の墓地の隣にあった。墓地に人力車を待たせると、祖父が西瓜を抱えた。

「いいかい」とより江に小声で言った。

「わしは先生と対談中に、急に席を外すかも知れん。急用を思いだした、とか何とか口実を設けてな。また戻るけれど、わしがいない間、お前は話をきらさぬようにな」

「どうしてそんなことをするの？」より江も小声で問うた。

「どうしてって、下り腹だからさ。初めて訪ねたよそ様の便所を、借りるわけにいかない」

「あたし、一人きりになったら恥ずかしい」

「お前の大好きなセンセだ。最初は硬くなるだろうが、すぐに打ちとけるさ。積もる話もあるだろうが」

「それで人力車を待たせたのね」

玄関先に立った。格子の表戸を引くと、カラカラ、と乾いたいい音がした。祖父が大声で案内を請《こ》う。

「はあい」

凜乎《りんこ》とした返事があり、目の大きな小太りの女性が、奥の部屋から走るように現われた。

鏡子《きょうこ》夫人である。

センセより十歳下と聞いている。センセは今年三十のはずである。目の前の夫人は、夫人というより、女学生のように見えた。ういういしく、匂うようである。

「より江ちゃん。初めまして」

早口の、江戸弁だった。

「主人が下駄の鼻緒をすげてもらったって、感謝しておりましたよ」

「そんなこと……」より江は、はにかんだ。

そんな些細な事を夫婦で話題にしているなんて、とても仲よしなんだ。

「折角お訪ね下さったのに、ごめんなさい、主人は腹痛を起こして、おまけに高熱で、床《とこ》の中なんです。お会いできないけど、より江ちゃんにはご馳走してくれ、と頼まれておりますので。だから、ゆっくりしていって下さいね」

「とんだ所に邪魔してしまった」祖父が急にうろたえた。

「日を改めて参ります。今日はご挨拶のみで失礼します」

「よろしいんですよ。本当に、単純な腹痛なんですから。原因はもう明々白々、ゆうべ白玉を食べ過ぎたんです」

「白玉を？」祖父が変な声を出した。

「昨夜は暑うございましたでしょう。白玉を冷やした氷と一緒に食べたものですから。子どもみたいなんですよ。胃が弱いのに無茶食いするもので」

「あの」祖父が青い顔をして頭を下げた。

「私、急に用を思いだしました。それをすませて参ります。より江を人質に置かせていただきまして、私」

「人質だなんて」夫人が朗らかに笑いだした。

「おなかが悪いというのに、気がきかぬ品を誂《あつら》えてしまいまして」祖父が西瓜を差し出した。

「とんだ手みやげになりましたが、お納め下さいますか」

「あら。私、大好物です。これには、目が無いんですよ」

夫人が気軽に受け取った。

「それじゃ、より江ちゃん。ご馳走をこしらえて待ちましょう。手伝って下さる？」

「はい」喜んでうなずいた。

夫人に従って台所に向かった。

「より江ちゃんは、何がお好き？」夫人が振り向いて訊く。

「お素麺」とはにかむ。

「あらあら。それはご馳走にならないわね。魚と肉で、どちらが好き？」

「どちらも好きです」

「よかった。あのね、今日は西洋料理なの」

台所に入る。広い板の間があり、突き当たりが調理場と流し場になっている。流しの前に格子窓が開いていて、裏庭が見えた。屋根つきの車井戸があり、炭小屋と物置があった。唐橘《からたちばな》の生垣が回っており、垣の向こうは光琳寺の墓地らしい。

調理場のまな板には、茹でた車海老のむき身が十尾ほどのっていた。

「より江ちゃん、悪いけど、身を刻んで下さる？　なるたけ細かい方がいいわ」

「はい」より江は手水鉢《ちょうずばち》で丹念に手を洗い、言われたようにした。リズミカルな包丁の音を聞いて、鍋の茹でジャガ芋を擂粉木《すりこぎ》でつぶしていた夫人が、お上手ね、とほめた。

「お料理は得意？」

「好きなんですけど、種類が少なくて。新しい料理を覚えたいんです」

「これね。コロッケットを作るの」

コロッケのことである。

「挽肉の代わりに、塩茹での海老。それからパンのフライを作るの。教えてあげる」

「センセは毎日おいしい料理を味わえて、しあわせですね」

ウフフ、と夫人が含み笑いをした。

より江が何気なく窓の向こうに目をやると、物置の背後から大きな黒猫が現われ、悠々とこちらに歩いてきた。

「あっ」とより江は、包丁の手を止めた。

# 炒り豆

より江はセンセ宅に、逗留することになった。鏡子夫人に引きとめられたからではない。祖父が入院してしまったためだ。

一泊目は、これは夫人のたっての願いで、祖父の了承を得てお世話になった。ところが翌日迎えに来るはずの祖父が、突然、旅館で倒れたのである。緊急入院した、と知らせに来たのは、同じ旅館に泊まっていた学生三人のうちの一人であった。彼らは第一高等学校を卒業し、九月から東京帝国大学に通う。それぞれ専攻学部が異なるので、これまでのように会うことも稀《まれ》だろう、と友情の思い出作りに九州旅行を企てたのである。熊本随一の旅館「研屋」に泊まるくらいだから、金持ちの坊っちゃんたちである。

夜中に、彼らの部屋の近くの廊下で、トイレに立った祖父が失神したのだ。物音に目ざめた彼らは、驚いて祖父を助け、ひとまず自分たちの寝床に運び、気付け薬をのませた。「ドクトル」というあだ名の学生が、いろんな薬を旅の用心に携行していたのである。

祖父は程なく意識を取り戻した。しかし、この暑いのに、寒いといってふるえている。熱があり、ただごとではない。急に激痛に襲われ、あまりの痛さに気を失ったらしい。

夜が明けると、学生たちはこっそりと祖父を病院に連れていった。人力車に乗るくらいの体力はあったのである。そのまま祖父は入院させられてしまった。学生の一人が、センセ宅に知らせにきた。

「何の病気ですの？」鏡子夫人が気を回した。

夕食に食べてもらった手料理に中《あた》ったか、と心配したのである。

「ドクトルが言うには」使いの学生が、あわてて解説した。「いやドクトルというのは、友だちのあだ名でして、彼は医者志望なんです。彼の見立てによれば、こちらのお客様は腸《ちょう》窒《チ》扶《フ》斯《ス》ではないかと」

窒扶斯は伝染病である。

「それで、より江さんをしばらく預かってほしい、との伝言でした」

「承知しました、とお伝え下さい」夫人が即断した。傍《かたわ》らにいたより江に、「大丈夫よね？　寂しくないよね？」と確かめた。

より江は、うなずいた。

昨夜、より江は夫人と一緒に寝たのだが、より江よりも夫人の方が興奮して、しゃべり通しだったのである。

六月四日に父と新橋停車場から汽車で広島に下り、広島の宇品《うじな》港から汽船で下関《しものせき》を経て門司《もじ》港に着いたこと。いったん福岡在住の叔父宅で旅の疲れを取り、六月八日の晩に汽車で熊本に入ったこと。翌日、光琳寺町のこの家で、東京から一緒に連れてきた老女中を仲人役に仕立てて、センセと結婚式を挙げたこと。客は、いない。夫人の父が見届け役である。

センセは冬のフロックコートで、夫人は東京から持参の夏の振袖（夏物は現地で買い揃えるつもりで、一枚しか持ってこなかった）、父は背広である。えらく暑い日で、三三九度の盃《さかずき》ごとがすむと、「無礼講でいこう」と丸裸になった。センセも汗を拭いながら、「無礼講、結構」とまじめな顔でしゃれを言いつつ裸になった。さすがに夫人は、そうはいかない。

「熊本の暑さには、まいりましたよ」夫人が、より江に愚痴った。

「センセも音《ね》を上げてしまいましてね」

夫のことを、センセと呼ぶらしい。

「今日も無礼講でいくよって、家に居る時は裸ん坊の洗濯」

無礼講が夫婦の隠語になった。

「男の人はうらやましい。女は損ね」

それから夫人は、しきりに寂しがった。

「ねえ。より江ちゃんさえよかったら、夏休みのうちは、宅に泊まらない？　旅館なんてもったいない。第一、面白くないでしょ？　西洋料理、教えてあげる。いかが？」

夫人は熊本に来て、話し相手が一人もいないのだ、とこぼした。

「さっき、黒猫がいたでしょう？　どこからか毎日遊びに来るのよ。ご飯をふるまうんだけど、私にちっともなつかない。ところが、何もやらないセンセには、体をすり寄せて甘えるのよ。いやになっちゃう。おこぼれだけど、西洋料理を食べさせるのよ」

より江は黒猫と自分の因縁を、よほど打ち明けようか、と考えた。しかし、センセが夫人に、一時黒猫に宿を貸したことなど語っていないようだ、と知って、これは私たちの秘密なのだ、と口を噤《つぐ》んだ。そんなより江の様子を、夫人は敏感に感じ取ったようだった。

「さあ、もう遅い。寝ましょう」

急に話を閉じ、立ち上がって天井から下がった電球のスイッチを、ひとひねりした。座敷に夜が満ちた。犬の遠吠えがする。祖父が変調を来《きた》した時間に近かった。

センセは翌日、目に見えて回復した。七分粥《がゆ》をすすれるようになった。夫人に言われて、より江は薬を持っていきながら、挨拶した。

「やあ、よく来たね」と唇の端を少し持ち上げながら、癖である弱々しい微笑をした。

「ゆっくりしておいで」と言った。しゃべるのが大儀そうなので、より江はていねいに頭を下げると退出した。センセの世話は夫人でなく、老女が仕切っていた。夫人が少女の頃から、実家の中根家で働いている人である。センセが病気になると、神経を尖らせて、夫人を夫に近寄らせない。もっともセンセの方で遠避《とおざ》けている節がある。

これからどうしたものだろう、とより江は思案した。祖父が伝染病で隔離入院しているのでは、面会できない。朝方に来た学生は、自分たちが交代で祖父の連絡係を務める、と請け合った。してみると、松山の祖母や、東予の母、そして八代の父には、祖父が通知を頼んだことだろう。

より江は研屋に置いてある、自分の着替えを取ってこよう、と思い立ち、夫人に断った。

「丁度よかった。悪いけど研屋の帰り道、舒文堂という古本屋さんに寄ってもらえない？　センセが取り置いてある本を、すぐに読みたいんですって」

「その本屋さんは知っています」

「お金は払ってあるそうよ。本の名は、これ」とメモを差し出した。

「人力車で行きなさいね。通りに出るとすぐ左側に、阿蘇屋《あそや》という車屋があるの。夏目の名を言って、車を出してもらいなさい。代金は付けで払う約束になっている。阿蘇屋の吉さんという男が、夏目のひいきよ。吉さんを呼んでもらいなさいね」

　より江は小走りに、光琳寺の仁王門に向かった。格式ありげな寺である。仁王門を通ってすぐ左手に、銀杏《いちょう》の大木が聳《そび》えている。木陰で十歳ばかりの少女が三人、お手玉遊びをしていた。

　一人が両手に握ったお手玉を、歌に合わせて交互に宙に投げ上げる。まず右手のを一つ、それを左手で受け取るより前に、左手から一つ宙に投げられ、右手で受け取る前に今度は二個のお手玉がほうり投げられる。やがて宙には三つ、四つのお手玉が、まるで糸でつながったようにリズムよく上下する。

　歌うのは二人で、玉を受け損なうと役を交代するのである。より江は足を止め、歌に耳を傾けた。

「ひとつ挽《ひ》き豆、粉の豆。ふたつ踏み豆、つぶし豆。三つ味噌豆、ふくれ豆。四つ選《よ》り豆、美人豆。五つ炒《い》り豆、はじけ豆……」

　そこで、お手玉を一つ落とした。別の少女が投げ役に代わる。歌詞が最初から歌われる。

　二番目の子は、きわめてうまい。五つのお手玉を操《あやつ》っている。より江も学校の休み時間に級友とこの遊びをするが、五つをこなせる者はいない。より江は四個が、ようやくである。

「六つ蒸し豆、納豆まめ。七つ熟《な》り豆、莢《さや》の豆。八つ焼き豆、香り豆。九つ漉《こ》し豆、豆腐豆。十で年豆、福は内」

　二番目のお下げの少女は、歌い切るまで失敗なしだった。より江は思わず拍手を送った。三人の少女が、びっくりしてこちらを見た。それから誇らしげに微笑した。

「あの。すみません」

　背後から声をかけられた。より江は一歩とびのいて、振り返った。若い男が、目を丸くしている。学生らしい。

「おどかして、ごめん。夏目という家を探しているのだが」

「上野のお使いですか？」より江は、ピンときた。「私がより江です」

　祖父を助けてくれた学生の一人だろう。朝方とは違う顔の若者である。

「あなたが、より江さん？　いやあ、申しわけないことをしました。この通りです」

学生が、いきなり土下座した。

「あの」より江は、うろたえた。

銀杏の根方で遊んでいた少女たちが、何事ぞと寄ってきた。

「あなたのおじいさんを入院させたのは、僕なんです。よけいなことをしたのです」

「そんな」

何でよけいなことなのか。命の恩人ではないか。

「僕の誤診なんです」

学生が早口に説明した。腸窒扶斯、と早合点したこと。客商売の旅館に知れると大騒ぎになると考え、ひそかに病院に連れて行ったこと。検査の結果、感染症ではなく、腎臓結石《じんぞうけっせき》だったこと。

「油物を、いっぺんに食べたのが発作の引き金になったらしいとの診断でした」

昨夕、センセ宅で祖父は、コロッケットを、おいしいと目を細めて、いくつかつまんだ。

「あの……」より江はこの事実を知った夫人が気を悪くされないか、そちらの方を心配した。

「油っこい食べ物をこしらえたのは私なんです」弁解した。

「いや、いい悪いというなら、誤った診断をした僕が、断然悪い。なまじ医学知識をなまかじりしていたために、友だちの手前、偉く見せようと虚勢を張って」

「ドクトル」より江は、つい、口に出した。

「僕のあだ名です」学生が苦笑した。

「そうそう。僕はあなたを病院にお連れするんだった。上野さんに頼まれたんです。その前に夏目さんに事情をお話ししなくては」

「センセの家はこちらです」より江は、引き返した。「油物のことは内緒にして下さい」と頼んだ。

「むろん、触れません」ドクトルが請け合った。「その代わり僕の恥も内密に願いますよ」

二人顔を見合わせて、ニンマリした。秘密を共有したのである。

鏡子夫人は、胸を撫《な》でおろしていた。

「それで上野さんのご容態は？」

「ケロリとしたものです」ドクトルが説明した。「結石という病気は、発作さえ無ければ仮病かと疑いたくなるほど元気なのです」

より江の方に振り向いて、「これ、本当ですよ」と言った。

夫人が、より江にまず病院に行くことを勧めた。「お二人で人力車を利用しなさい」と阿蘇屋の話を繰り返した。

「でも本屋さんの用事が遅くなります」とより江。

「いいの。急がないから」と夫人。

「本屋さんに寄るのですか？」ドクトルが夫人に訊いた。舒文堂と知って、目を輝かした。彼の目玉は、人より大きい。

「僕もその本屋さんに用がある。それじゃ一緒に参りましょう。まず舒文堂に寄りましょう」

より江とドクトルは車屋を訪れた。さいわい吉さんがいた。夏目の名を出すと、吉さんがはりきって、ねじり鉢巻をした。「どこまで突っ走りやすか？」

「上通町の本屋さんまで」

「えっ？　何だ、目と鼻の先じゃないですか。突っ走ったら、通り抜けてしまう」

舒文堂に着くや、ドクトルが平台の本を物色している。より江はチョンマゲの主人に、センセが預けた本を取りに来た、と告げた。

「ご主人。一昨日ここにあった『仏語独習』が無いのだが」

とドクトルが大声を上げた。

「それはおいが買った」店内にいた若者が振り向いた。五高生の、寺田寅彦である。

# 赤飯

古本屋「舒文堂」の店内で、寺田寅彦が名を告げた。より江の連れの学生が、

「僕は久保猪之吉《くぼいのきち》です。九月から帝国大学で医学を学びます」と答えた。

「お名前、どんな字を書きますか？」と寅彦。

「大久保利通の久保。動物の猪《いのしし》です」

「子《ね》、丑《うし》、寅《とら》」寅彦が干支をつぶやいた。

「すると、あなたは僕より四つ上ですね！」

「いや、僕は亥年《いどし》でなく、戌年《いぬどし》の生まれなのです」猪之吉が答えた。

「戌年なのに猪之吉ですか？」

「亥年に誕生予定だったのに、早く生まれてしまったのです。前年の十二月二十六日に。親が今更改名するのも面倒だからと……」

「虎と猪ですか」舒文堂主人が、口を挟んだ。

「こりゃ、どっちが強いでしょうな」

「ドクトル猪之吉」より江が、つぶやいた。

「猪ですか」チョンマゲの主人が、笑った。

寅彦が、『仏語独習』を読みたいのなら、貸しますよ、と申し出た。猪之吉が、自分は旅行の途中だから今は必要ない、と断った。ただし、東京に戻って読みたくなるかも知れない。その節は遠慮なく拝借したい、とつけ加えた。寅彦が承諾した。

「あなたの住所を教えてくれませんか？」

猪之吉が第一高等学校の夏服のポケットから、茶色の手帳を取りだした。この人も手帳を持っている、とより江は嬉しくなった。手帳は頭の良い人が携帯するものだ、と思っている。

ずっと後年、この二人は夏目漱石宅で再会する。

舒文堂に停めておいた吉さんの人力車に再び、ドクトルとより江は乗車した。

「より江さんは熊本城は見物なさいましたか？」

乗り込みながら猪之吉が訊いた。

「ほんの少し」

先に乗った猪之吉が、右手を引っぱって座席に上げてくれた。

「城内には入らなかった？」

「少し歩いたのですが、おじいさんが疲れたというので」

「ああ石段が多いからねえ。石段も昔の造りだから歩幅が合わない。よけい疲れるしね」

どちらへ参りますか？　と吉さんが梶棒《かじぼう》を上げて訊いた。

「より江さん、ほんのちょっと、熊本城に寄ってみませんか？　通り道だし」

「ええ」とうなずいた。「久保さんは、まだなのですか？」

「夕方、加藤神社にお参りし、そこから宇土櫓《うとやぐら》を空堀越《からぼりご》しに眺めただけなんです」

「宇土櫓は、内部に入れますぜ」吉さんが勧めた。「是非、ご覧になって下せえ」

「よし。一時間ばかり道草を食っていこう。構いませんか？」上着を脱ぎ、半袖の開襟シャツ姿になった。

「大丈夫です」より江は、ゆっくりうなずいた。うなずいたとたんに、胸がドキドキし始めた。隣に座る猪之吉に聞かれやしまいか、と心配なほど、動悸の音が大きい。

吉さんが、はりきって走りだした。すぐに城の石垣が見え、石垣沿いに走る。

猪之吉がしきりにそちらへ視線を向ける。より江がけげんがると、

「実はね」と語りだした。「僕は中学三年の夏休みに、熊本に来たことがあるんだ」

より江が、何年前だろう、と独りごちると、「そう、七年前。明治二十二年七月。叔父がここで巡査をしていたんです」

「久保さんは東京のお生まれですか？」

「いや」苦笑した。「ほら、少し訛《なまり》があるでしょう？　僕は福島県の二本松生まれです」

「二本松少年隊の？」

「おや、あなた、よくご存じですね」猪之吉が目を丸くして、より江を見た。

「小説で、読みました」顔を赤らめた。

母の蔵書で読んだ。鉱山で暮らす母の唯一の慰めが、本と雑誌であった。絵を描くのが大好きなより江は、小さい頃、雑誌のさし絵を模写しているうち、自然と本文を読むようになった。

明治二十七・八年の日清戦争当時の雑誌には、幕末維新の戦争物語が、毎号載っていた。原抱一庵《はらほういつあん》の「白虎隊」や、川尻ナントカの脚本「会津戦争夢日誌」など、勇ましく戦って玉砕する年少武士の話が多い。二本松少年隊は、会津藩とともに薩長軍を相手にし打死した、十二歳から十七歳の少年藩士たちである。

「叔父は明治十年の西南戦争の時、志願して熊本城に籠《こも》ったんです。二本松から駆けつけて。少年隊の復讐ですよ」

喇叭《らっぱ》の音が響いた。熊本城跡には、第六師団の兵営がある。

「西郷隆盛軍を食いとめた熊本城を、叔父は僕に自慢したかったんだと思う。熊本に着いたその日の深夜に、大地震があったんです」

えっ？　とより江は猪之吉を見た。

「七月二十九日になるのかな。凄く激しく揺れた。死者が二十人出た」

「この辺の城の石垣が崩れましたよ」車を引く吉さんの饅頭笠《まんじゅうがさ》が立ち上がって横に動いた。「火薬庫も潰れやした」

「お城見物どころじゃない。叔父が危ながって、僕は翌々日に熊本を立った」

「何しろ大地震のあと、一日に何十回も揺れやしたからねえ」と吉さん。

「結局、熊本で見たものは、上熊本駅だけ」

人力車は加藤神社脇を抜けた。


より江と猪之吉は、急な石段を登った。狭い入口をくぐると、続櫓《つづきやぐら》である。

「この櫓と宇土櫓だけが、西南戦争で生き残ったんです。あとは天守閣も本丸御殿も焼けました」

続櫓に入りながら、猪之吉が説明した。ここから黒光りする板間の廊下が、宇土櫓の一階まで続いている。廊下は薄暗い。

「ひゃあ。涼しいや」

中年の夫婦が歓声を上げながら、より江たちを追い越していった。廊下の窓から、か細い風が入る。二人は窓に立って、汗を拭った。

「乙女子《おとめご》が　扇の風や　弱からし　再び立ちて　飛ぶ蛍かな」猪之吉が、つぶやいた。

「蛍ですか？」より江が、戸外に目をやった。

猪之吉が苦笑した。

「蛍を捕る乙女子の扇のような、頼りない風だという意味です」

「久保さんのお歌？」

「とんでもない。私の先生の歌です」

「歌の先生？」

「でもあり、卒業した第一高等学校の、国語の恩師でもあります。落合直文《おちあいなおぶみ》先生」

「孝女白菊《しらぎく》の歌の？」

猪之吉が、頭をのけぞらせた。

「あなたは大変な読書家ですねえ。読まれた？」

「読みました」はにかんだ。これも母の愛読詩集だった。

猪之吉が歩きだしながら、口ずさんだ。

「折りてよと　花さく椿《つばき》　ゆびさして　われを呼ぶ子は　誰《た》が子なるらむ」

「落合先生の歌ですか？」

猪之吉がうなずき、続けた。

「いもうとは　庭の葡萄《ぶどう》を　指さして　熟せむ日まで　止まれといふ」

「かわいい」より江が頬笑んだ。「これも落合先生の？」

「僕です」照れたように頭をかいた。

「歌は長いのですか？」

「高校生になってからです。落合先生のご指導で」

「私にも作れるかな」

「あなたならもっと上手に詠《よ》めますよ」

危ない！　とより江の肩をつかんだ。

何かに蹴躓《けつまず》いたように、前のめりになったのである。廊下が平らではなく、傾いているのだ。より江は猪之吉に、背後から抱き止められた形になった。猪之吉の両腕に、すがった。胸がドキドキした。凄く熱い裸の腕だったのである。

平左衛門丸《へいざえもんまる》と数寄屋丸《すきやまる》といわれる二つの曲輪《くるわ》を散策すると、二人は吉さんを誘って、加藤神社門前の茶屋に入った。小腹が空いたのである。吉さんはラムネだけで結構と言うのでラムネを、猪之吉たちは素麺を頼んだ。吉さんは二人に遠慮して、茶屋に入らず、銀杏の木陰に停めた人力車の傍で飲んでいる。遠慮したというより、大切な車の番をしているのだろう。吸い込まれそうな午後のけだるい蟬しぐれである。

素麺が運ばれた。氷水の張られたガラス鉢に、いかにも涼しげに麺が沈んでいる。薬味は刻んだ大葉に、摩《す》り下ろした生姜と、まっ赤な梅干である。二人は早速、啜《すす》った。おいしい。猪之吉が、ふと、つぶやいた。

「幼な子が　手も届くべく　見ゆるかな　あまりに藤の　房長くして」

「久保さんの歌ですか？」より江が訊いた。

「いや、落合先生の作です」そう言って、

「少女子は　日傘畳みて　藤棚の　藤のしだりを　分け入りにけり」

「しだりって何ですか？」

「垂れて下がること。しだり桜って言うでしょ？　その、垂《しだ》りです」

「これは久保さんの歌ですね？」

猪之吉が、してやったりという笑顔をした。

「似ているでしょう？　これはね、服部躬治《はっとりもとはる》という僕の幼なじみの作品」

「やはり落合先生のお弟子ですか？」

「そう。服部は福島県須賀川町の商家の長男。須賀川尋常小学校の同窓生なんです」

服部はのちに上京し、国学院に学んだ。落合直文が本郷区浅嘉《あさか》町に転居した明治二十六年、町名に因《ちな》む名称の和歌の結社を創立、久保と服部はただちに参加した。浅香社である。服部も歌が大好きだった。

「私でも、歌を詠むことはできますか？」より江が訊いた。

「もちろん。誰でも詠めます」猪之吉が、うなずいた。「見た物を見たままに、感じたことをそのままに、素直に三十一文字で表現すればよいのです」

「でも」

「大げさに考えない方がよろしい。ほら、先ほどの落合先生の歌、折りてよと　花さく椿　ゆびさして　の上の句です。折ってよ。子どものせがみ言葉を、そのまま使っています」

「垂りなんて、むずかしい言葉を知りませんもの」

「そうですね。言葉をたくさん覚えることですね。先日から、先生は国語の辞書を編集しているんです。僕と服部はそのお手伝いをしています。いろんな言葉を集める役。そうだ、より江さんにもお願いしよう。歌の勉強になりますよ。すてきだな、面白いな、美しい響きだな、そのように思われた言葉を書きとめて、僕に送ってくれませんか」

「笑いませんか？」

「笑いません」猪之吉が、まじめな顔をした。


研屋旅館に立ち寄ると、祖父が部屋にいた。

「病院から夏目先生の家を伺い、お礼を申し上げてきたところだ。それで奥様に、泊まりに来てほしい、と頼まれたんだけど、より江はどうする？　わしも一緒にとのお言葉だが、わしは遠慮する。ここにいる」

より江はまだ夏目センセと、満足に会話を交わしていない。

「ひと晩だけ？」

「さあ。より江が二晩お世話になるというなら、わしは構わない。しかし、好意に甘えるのは二晩が限度だ。いいね？」

「ひと晩にする」

猪之吉たち三人が、これから天草《あまくさ》へ向かいます、と旅支度で挨拶に来た。祖父がていねいに礼を述べ、辞退する学生に餞別《せんべつ》を渡した。

「より江さん。すてきな言葉を待っていますよ」猪之吉が自分の住所を記した紙をくれた。

「すてきな言葉?」仲間が咎めた。「お安くないね」

より江は、まっ赤になった。

その夜、センセ宅で、より江は粗相《そそう》した。鏡子夫人が優しく手当してくれた。

翌朝、夫人が内緒で赤飯でお祝いをしてくれた。「先生はまだお粥だから、これは私たちだけの内祝い。おめでとう。今日から大人よ」

# 大　人

　そう、より江は大人になったのである。

　背が伸び、身体のそこここがふくよかになっただけではない。今まで嫌いだった食べ物、たとえば焦げくさいような香りが苦手で、一度も口にしなかった茗荷《みようが》が急においしく感じられ、むしろせがむほどになり、母をあきれさせた。

「大人になったのよ」母が指摘した。「大人の味覚に変わったのよ。お父さんが喜ぶわ」

「どうして？」

「お酒の相手になってもらえるからよ」

「あたし、お酒は飲めないわ」

「お酒でなく、酒の肴《さかな》。ほら、あなた今までお父さんの肴は、くさいとか苦いとか、勧められると逃げ回っていたじゃない？　これからはきっとおいしいと言って、進んでお相伴《しようばん》するようになるわ。見ててごらんなさい」

「それでお父さんが喜ぶわけ？」

「酒好きはね、娘に注《つ》いでほしいのよ。娘に自分の好きな肴をつまんでほしいものなのよ」

母は酒のにおいをかぐと頭痛がする体質だった。

「お父さんは一日も早くあなたに大人になってほしかったはずよ。独り酒はわびしいって、いつもこぼしていたもの」

その父は、三カ月か四カ月に一ぺん、赴任先の熊本の五木村から帰ってくる。東予の鉱山会社に顔を出し、仕事の打ち合わせをすませると、松山市内の祖父母宅にやってくる。より江と母は、ずっと祖父母と共にいる。母の実家である。実は祖父が熊本から戻ってまもなく、床についてしまったのだ。旅疲れかと最初は本人も家族もそう思っていたのだが、どうやら違うようで、もしかすると結石が動きだす前兆か、と熊本の病院で教えられた通り、白湯《さゆ》をがぶがぶ飲んでいたのだけれど、その白湯を吐くようになり、やせてきて、入院する事態になった。半年前のことである。

かれこれ二カ月ほど病院で過ごした。今はよくも悪くもならず、いわば様子を見る状態で、かつて漱石や子規が下宿していた離れ家に、祖母と隠居生活を送っている。センセが出ていってからは、下宿人を置いていない。

父は祖父を見舞うと、やっぱり町中はいい、物のにおいが複雑で、生きている実感がある、と言いながら、食膳に着いた。盃を取る。

「お酌します」より江が銚子《ちょうし》を傾けた。

「やあ」父が目を丸くした。「どういう風の吹き回しだ」

「大人になったんですよ」料理を運びながら、母が頰笑む。

「そうか。より江も高等小学校を卒業したんだっけ。大人の修業をせねばならんな」

「お父さん、それで相談があります」より江が上手に酒を注いだ。

「うん。何の修業をするか。ちょっと待て。この筍は少し硬いな。細いし」

「竹林から外れて出た筍ですって。もったいないから食べて下さい、って、わざわざ持ってきて下さったんです、藍染め屋さんが」

女中のおまつが、焼き筍にしたのである。皮を剝いて芥子《からし》を付けて食べる。酒の肴である。

「より江も味見するか」と一本差し出した。

祖父の大好物だった。それで毎年、藍染め屋さんがどっさりくれる。ところが今年は本人は、食べることができない。仕方なく、全部を糠漬《ぬかづけ》にした。糠漬はあるのだが、父は焼き筍が味わいたいと言いだした。飲み助特有の、無いものねだりである。

母はおまつを使いに出した。季節が終っていて、店屋には無い。もしやと思い、藍染め屋に走らせたら、皆、竹に成長しているとのことだった。糠漬で我慢すると言い置いて、離れ家に行っている間に、藍染め屋が、ありました、と届けてきたのが、これだった。

「うう。痛ああい！」より江が鼻頭《はながしら》をつまんだ。芥子の固まりを、飲み込んだのである。大粒の涙を、こぼした。母があわてて汁椀に水を汲んできた。ひったくるように、より江が受け取って、あおる。

「太い棒が、鼻の中を突き抜けていった」涙声で訴えた。

「棒か」父が失笑した。すぐ、まじめな顔になり、「無茶だよ。芥子壺にいきなり箸を差し入れて、見ないで口にするんだもの」

「酒の肴って、おいしくない」より江が、すねるように言った。

「食べ方の問題だよ」父が笑った。「修業の相談って何だ？」

「まあ、おひとつ」大人びた口調で言い、酒を注ぐ。

「どうですか、お父さん。娘のお酌の酒の味は？　ひと味違うのじゃありませんか？」

母がからかう。

「うん。ふた味くらい違う。おいしいよ」一気に干した。

「あたし、高等女学校に行きたい」より江が、なみなみと差した。

一昨年（明治二十八年）、高等女学校規程が公布された。尋常小学校四年修了で入学できる。この場合、女学校の修業年限は六年間である（明治三十二年二月に、「高等女学校令」が出て、入学資格が高等小学校二年修了となり、修業年限は原則四年から五年となった）。

「だけど、まだ規程が発表されただけで、高等女学校はできていないよ」父が、けげんな顔をした。

「近くできるんでしょう？」

「そりゃそうだが、待っていて入るというのか」

「第一回入学生で、第一回卒業生になりたいのよ」

父が笑いだした。

「お母さんはより江が大人になった、と言うけど、見た目はそうだけれど、心は子どもだね。いいよ、勉強するのは結構なことだ。高等女学校に行かせてあげる」

「本当？　酔っていない？」

「大事な話は正気だ」

「お母さん、証人になってね。芥子の棒と一緒に覚えていてね」

より江は、猛然と勉強に打ち込んだ。これだけは父や母に言えなかったが、実は東京の高等女学校に入学するつもりだった。なぜ東京かと言えば、久保猪之吉が東京帝国大学（明治三十年に帝国大学を改称）に通っているからである。久保の顔が見たいからである。

こんなこと、久保には話せない。その代わり、より江は高等女学校入学の許しを父から得たこと、受験勉強に身を入れていること、そして久保と約束した「国語辞典」の新項目をいくつか記した手紙を書いた。

久保との文通は、昨夏の熊本での出会い以来、ずっと続けている。より江は、ほとんど一週間に二通の割で書いている。久保からは月に一通程度、返事が来る。

「国語辞典」の「項目」についての返信である。

「めったやたら。もっけのさいわい。よがなよっぴと。今回はこの三語が面白かった。落合先生は俗語が大好きなのです。文句なしで三語を採用して下さいました。より江さんの日常の中で、変わった言葉、妙な言葉、どういう意味だろう？　と疑問に思った国語がありましたら、メモしておいて下さい。そして教えて下さい。今回は三語採用なので、三〇点です。これまで合計何点になりましたか？

僕は医学生だから医学用語を収集しています。先生の命令です。だけどこちらは特殊すぎて、一般の人にはなじみがないのでは？　と申し上げましたら、逆でしょう、と言われました。人間の体のことですから関心の無い者はいない、第一、私どもの会話にひんぱんに使われている、気づかないだけだ、と諭《さと》されました。

なるほど、その通りです。僕は将来、耳鼻《じび》、咽喉《いんこう》医学を専門に学ぶつもりですが、耳こすり、耳を揃えて、耳学問など、耳に関する言葉はたくさんあるし、鼻だって同じくらいある。鼻毛を伸ばす、鼻毛を抜く、鼻毛が長いと言います。文字通りの意味ではなく、鼻毛を読むというように、女の人に関わる俗語です。女の人に溺れる男を指す言葉です。鼻まじろぎ、という語をご存じですか？　鼻白《はなじろ》む、でなく、まじろぐ。またたくことです。そうです。鼻をうごめかすこと。表面では人の機嫌を取りつつ、内心ではあざ笑うこと。これ、古語です。いやな言葉ですが、歴史を経ているせいか、ちっとも臭みがない。

落合先生の国語辞典は、古語をできる限り収録する方針でした。古典を読解する便宜を図るというより、ひとたび生まれ用いられた言葉を死なせたくない、現代人に積極的に用いていただきたいとの希望からでした（和歌を詠むことを念頭においたわけです）。

同時に俗語や地方語を収めて特色を出し、他の類似の辞典と区別をはっきりさせる魂胆でした。でも、出版者から、学術書でなく実用書であってほしい、と要望されたようです。現代の流行語、時事用語なども採用してほしい、と強く頼まれたそうで、たとえば先だっての日清戦争で生まれた軍事語です。『水雷艇《すいらいてい》』『水雷駆逐艦《くちくかん》』などがどういうものであるか、これをわかりやすく解説することが辞典の役目ではないか、と迫られ、先生はへきえきしておりました。

落合先生は、仙台藩の筆頭家老の息子でありますが、いくさ嫌いのかたなのです。あなたもご存じのように、『孝女白菊の歌』の作者ですから。白菊は熊本藩の武士の娘で、西南戦争で生き別れた父と兄を探す。『賊軍』(西郷隆盛軍)に与《くみ》したとのうわさのある父だった。

あなたの八十一番目の手紙にある歌の、『はしりこ』とは何のことですか? 教えて下さい」

より江は久保あての手紙には、レポートのように通し番号を振っていた。普通の手紙形式で書くのは、照れくさかったからである。

八十一番目の手紙の「はしりこ」というのは、例の筍のことだった。藍染め屋が届けてくれた、竹林の外に生えた筍を、父はこう称していた。あるいは、「はしりで」とも言っていた。松山の言葉というより、伊予の方言かも知れない。

そのことを記した「レポート」の末尾に、より江は久保に、こんなお願いをした。

「私の家庭教師になっていただけないでしょうか。通信教育の教師です」

父が五木の鉱山に戻る際、より江に家庭教師を頼んでくれた。三十歳の測量技師で、勤務中に脚をケガして休職中の男だった。松葉杖をついて週に一度来てくれるのだが、口数の少ない笑わない人で、より江は一ぺんでいやになってしまった。テキストを読んでいると、より江のうなじを食い入るように見つめているのである。毎回そうなので気味悪く、より江は母に事実を語って断ってもらった。

「あなたもすっかり大人ですものね」母が苦笑しながら承諾した。

大人と言われると、そうかな、とより江はとまどう。自分が大人になったという実感はない。

けれども、こそこそと久保あての「レポート」（あくまでより江にはレポートだ）をつづっている時は、自分がいっぱしの大人の気分なのに思い当たる。

そういえば、ここずっと、夏目センセご夫妻に、手紙を書いていない。熊本でお世話になった礼状を差し上げたきり、そう、年賀状を認《したた》めたのと、高等女学校に上がる決意です、と知らせただけ。すっかり、センセご夫妻にご無沙汰している。あれほどセンセ、センセと夢中であったのに。何だかセンセが、えらくお年寄りのように感じられてならない。

これが大人になった、ということだろうか。人を見る見方が、変わってしまった。変わったといえば、いつのまにか、より江は植物や動物の言葉が聞き取れなくなった。向こうからも話しかけてこない。

東京の、久保猪之吉の声だけが理解できて、久保の考えていることが逐一わかる。

## 胸騒ぎ

夏になった。これが大人になる、ということだろうか。十三歳になったより江をめぐって、いろんな出来事が次々と起こった。どれも、「大人」を強調するようなことで、少なくとも「子ども」のより江には起こり得ない事柄ばかりである。

市中で買物をしていると、背後から呼びとめられた。振り返ると、三度ばかり家庭教師に来てもらった、陰気な測量技師であった。暑いのに、黒い冬の背広を着て、ニコリともしないで、コンニチハ、と挨拶した。黒いネクタイをしているので、法事の往きか帰りらしい。より江は口ごもりながら、挨拶を返した。技師は松葉杖をついていなかった。

「どうして僕は、お宅への出入りを断られたんだろう?」ボソボソと、つぶやくように言う。より江は、言葉に詰まった。

「あの」ようやく、答えた。「ひとりで勉強する方がいいと気づいたんです」

「僕を嫌いになったわけではないんですね?」

「はい」

まさか、そうだとも言えない。

「よかった」ニコリともしないのである。

「嫌われたかと思った」

より江は軽く会釈した。離れようとすると、「あの」と縋《すが》るように声をかけてきた。

「嫌いでなかったら、僕とつきあって下さいませんか？」

道行く人が、けげんそうに二人を見て過ぎた。より江は、恥ずかしくなった。

「勉強しなくちゃいけないので、お断りします。ごめん下さい」そう言って、さっさと歩きだした。技師は追ってこず、しばらく行ってより江が振り向くと、ネクタイをゆるめるしぐさをしていた。

その翌々日の夕方、より江が玄関先に打ち水をしていると、門柱の蔭から中学生がしきりに手招きする。見た覚えのない男生徒であった。より江が用心して遠くから、「なあに？」と問うと、「これが落ちていました」と手にした封筒のような物をかざした。

「何て書いてあるの？」より江が怪しんで、差出人の名を聞くと、あわてたように、「ここに置きます」と足元に置いて、逃げるように去った。

より江がつまみ上げると、活字のような文字で、「貴方様へ」と記してあった。より江は水を汲んできた女中のおまつに、「恋文よ」と渡した。

「あれ？　誰だろう？」おまつが無造作に封を切る。中身に目を通しながら、吹きだした。

「貴方様の名前を教えて下さい、ですって。これ、お嬢さまへの付け文じゃありませんか？」

いやあね、とより江はいやな顔をした。

中学生のラブレターなら、まだ愛敬がある。まじめな交際申し込み（？）を、それも二人の学生から、ほぼ同時に、より江は受け取ったのである。

夏に入ってから、より江は勉強部屋を隠居所の二階に移した。夏目センセが居た部屋である。風が通り抜けるので涼しい。祖母がより江に勧めたのだ。病臥《びょうが》している祖父を、ときどきより江に見てもらいたい。そういう魂胆もある。何しろ祖母は、毎日一時間は仏間にこもって経を読む習慣がある。より江に二階から降りてもらって、母屋に通うのである。

祖母と入れ違いに、母が茹でたての枝豆を重ね笊《ざる》に入れて持ってきた。大きい方の笊は、枝豆の食べカス用である。これは祖父の大好物であった。においで、祖父が起きあがった。近頃は食欲もあり、調子がいい。

母は濡れ手拭いも用意してきて、まず祖父に渡した。枝豆は手が汚れる。

「より江には、手紙よ」母が懐《ふところ》から引き出した。

「三通も？」

「一通は夏目夫人からだけど、あとの二通はお母さんの知らない人。一体、どなた？」

より江は、その二通を左右の手でいっぺんに手に取り、同時に裏返して眺めた。東京の本郷と、上野池之端《いけのはた》に住まう、二人の男性の名が記してある。より江が初めて聞く名前である。

「変ね？」母が首をひねった。

「あなたの知らない人なんて」

「この間の中学生の類《たぐい》だろう？」祖父がひと莢《さや》ずつ、ゆっくりと味わいながら言った。

「中学生にしては達筆よ」母が言った。

「恋文というものは誰も達筆さ」と祖父。

「お母さん、読んで」より江は母に差し出した。「あたし、気味悪い」

「いいのかい？」念を押したあと、祖母の裁縫箱から糸切鋏《いときりばさみ》を持ってくると、封筒の下部を切り出した。

「どうして頭でなく裾を切るの？」より江が目を丸くすると、

「覚えておき。得体の知れない手紙は、うかつに手で封を切ってはだめよ。針が仕込んであったりするから」

ふふ、とより江は含み笑いをした。本の好きな母の、特に大好きなのは、大時代のお家騒動ものなのである。

母は二通とも切り終ると、中身をのぞいてから、手紙を取りだした。一通を走り読みした。もう一通にも目を通した。そして二通をより江に差し出した。

「どういう手紙なの？」より江がためらっていると、

「あなたの家庭教師を引き受けるという内容よ。あなた、方々《ほうぼう》に声をかけたのね？」

「いいえ」より江は、かぶりを振った。「あたし、このかたたちを全く知らないもの」

「変ね。あなたを疾《と》くから知っているような書きぶりだし」

「誰だい？」祖父がより江の手から二通を取りあげた。

「あっ、この二人はわしを助けてくれた命の恩人の学生さんだよ」

「それじゃ熊本で会ったという？」

「間違いない。この二人だ。もう一人、久保という学生さん。三人の恩人の名は控えてある」

「久保さんは、あなたが手紙をやりとりしているかたでしょう?」母が確かめた。

「ええ」と答えたが、より江は少なからずショックを受けていた。久保には自分の家庭教師になってほしい、と頼んだ。通信による教育である。だけど、そのいわば二人だけの内輪のやりとりが、久保の友人たちに筒抜けだなんて。より江は裸を見られたように恥ずかしくなった。もう久保には手紙を書けない。

久保の友人の手紙など、読みたくもなかった。より江は、なつかしい夏目夫人の封書を取り上げた。巻紙を幾重にも畳んだ嵩《かさ》ばる手紙である。嵩ばるはずであった。巻紙の芯のように、厚紙の御札《おふだ》が挟まれてある。

見ると、鎌倉鶴岡八幡宮《つるがおかはちまんぐう》の御祈禱札であった。より江は何だろう? と思いながら、手紙を読んだ。

より江が先頃発した暑中見舞い状に、礼を述べていた。七月の八日に、夫と熊本を立ち上京したこと。それは六月下旬に、夫の実父が亡くなったためだった。知らせを受けた時、夫は学年末試験で動けなかった。夏休みを待って上京したのである。

「東京に来る前、より江さんも泊まられた光琳寺の住まいを引き払いました。墓地のそばなので、何となく怖くて。東京から帰ったら、まっすぐ新しい住所に向かえるように、手配して万端整えて出立したのでしたが、朝から晩まで休む暇もなくその作業にかかりきりでしたので、過労から東京に着いたとたん、体をこわしてしまいました」

より江は、ドキドキした。さいわい、大したことはなかったらしい。しかし夫人は、現在、知人の所有する鎌倉材木座海岸《ざいもくざかいがん》の別荘で、静養に努めているという。

「より江さんは高等女学校受験のため、勉強しているそうですね。来年、受けるのですか？　合格を願って、先日、鶴岡八幡宮にお詣りをしました。御札をいただいてまいりましたので、お納め下さい。霊験《れいげん》いやちこですよ」

センセ、の消息も記されていた。センセは東京で大学時代の友人に会ったり、正岡《まさおか》升《のぼる》（子規《しき》）宅の句会に出席したり、図書館にこもったり、けっこう羽を伸ばしているらしい。

「九月の初めまで私は鎌倉に滞在の予定です。住所は左記の通りです。より江さん、お願い。ときどきお便りを下さい。知っている人が身近に居ないので、何だか心細いのです」

「ね、おじいちゃん、鶴岡八幡宮って、受験の神様？」

「そりゃ天神さまだろう。天満宮。鎌倉のそれは源氏の氏神だから、学問でなく武術の方だろう」

「どうして奥様は、八幡様の御札を送って下さったのかしら」

「神さまには違いないさ」

「いやちこって、何のこと？」

「大いにご利益があるという意味だよ」

「きっと奥様はひどい病気をなさったのかも知れない」より江は考えこんだ。

「どうして？」夫人の手紙を読み終った母が反問した。夫人の手紙の宛名は、より江の名と、御家族様と認められている。手紙の終りの方で、祖父の病状を案じていた。

「あたしのために御札を授かったのではない気がする」

「だって現にこうしてあなたに送られてきてるじゃないの」母が示した。

「それでも」より江は、こだわった。

「そんなことより」祖父が話の向きを変えた。

「より江。この二人の大学生に返事を書きなさい。ご好意は喜んでお受けしますって」

「あたし、受けないもの」

「受けないでいい。あとで断ればいい。お愛想というものだ。のっけから喧嘩腰の返事は悪いよ。相手は善意で言ってきてるのだから」

「お母さん代わりに断って」より江は、関わりたくなかった。

「より江には外交辞令はまだ無理だろう。お前が書いておきなさい」祖父が娘に命じた。

「娘に来た手紙の返事を、親が書いたらおかしいでしょうが」娘である母が抗議した。

より江が二階に引き揚げたあと、祖父が娘に小声で吹き込んだ。

「いいか。帝国大学生の申し込みだぞ。将来は博士か大臣の椅子、間違いなし。娘ひとりにムコ二人。いや、三人か。みすみす逃《の》がす手はない。こちらの選《よ》りどり見取りだ」

「お父さんの打算は、相変わらずですね」

娘が、せせら笑った。


久保猪之吉から、百三回以降通信が途絶えているが、何かあったのかと問い合わせがきた。より江は、返事をしなかった。

しばらくして、病気をしているのではないか、心配している、とやや長い手紙が来た。より江は、ようやくペンを執った。

私が家庭教師をお願いしたのは、久保さん一人です。久保さん以外に頼んでおりません。久保さんは口が軽いのですね。耳鼻咽喉だけでなく、口の方の医学も学んだ方がよくなくって？　今回のことでは、あたし、堪忍袋の緒が切れました。

すぐに、返事が届いた。

何のことか僕にはわからない。何を怒っているのです？　説明して下さい。堪忍袋の言葉は面白い。こらえぶくろ、ともいいますね。これきっと採用されます。堪忍袋の緒と共に、きっと。

そこでより江は、久保の友人二人から、こういう手紙をもらったのだと明かした。自分たちの会話を盗み聞きされたようで恥ずかしい、と不満をぶつけた。折り返し、おわびが届いた。

軽い気持ちで友人に家庭教師の話をしてしまった、あなたに良かれと思って頼んだ、ごめん、友人には謝っておいた……

漱石夫人からも葉書が来た。体が思わしくないので、センセが一人で先に熊本に帰った、引き続き鎌倉で保養する、とあった。

よっぽどお悪いんだ。より江は、胸騒ぎを覚えた。

# 栗長者

九月になった。夏目センセの奥様（鏡子夫人）から、より江に小包が送られてきた。鎌倉彫りの手鏡と、「合格祈願」と記された集印帳である。集印帳には、鎌倉や東京の寺社印が二十ほど押されていた。

先日、より江は松山市内の古刹《こさつ》、大宝寺《たいほうじ》にお参りし、鏡子夫人の快癒《かいゆ》を願って護摩《ごま》を焚《た》いてもらった。大宝寺のご本尊は、病苦を救って下さる薬師如来《やくしにょらい》である。護摩札を送ったので、そのお礼であろう。

より江は隠居所の祖父母に報告した。祖母は手鏡の軽さと上品さをほめ、祖父は集印帳に押された寺社印の数に目を留めた。

「多いのは良くないの？」より江は心配した。

「いや、逆だろう」祖父が言下に答えた。

「本人がお参りをして、参拝した証拠に、寺社印を押していただくのだから、つまり、これだけ元気に歩けたということだ。うらやましい」

「奥様は何のご病気なんだろうね」祖母が口を挟んだ。「どこがお悪いのか、何も書いてないのかい？」

「何も」より江は首を振った。

「この鎌倉彫りは高そうだねえ」祖母が品定めした。「お返しが、むずかしいねえ。病人に食べ物は送れないし」

「花籠《はなかご》がいい」より江が言った。竹製品は、松山の特産物である。「あたしが選ぶ」

その花籠と綿フランネルの寝巻を送ったら、入れ違いに奥様から長い手紙が届いた。


より江ちゃん。は、おかしいわね。もう子どもじゃありませんものね。より江さん、とお呼びします。

昨日、センセは熊本に立ちました。学校が始まるので、一人でひと足お先に東京をあとにしました。私は二、三日、実家にいて、雑用を片づけたのち、また、鎌倉材木座海岸の知人の別荘に戻ります。しばらく滞在の予定です。お手紙は鎌倉の住所に下さいね。

ごめんなさい。手紙を書きかけていて、急な用事ができたため、バタバタしてしまい、中断しておりました。

鎌倉に来て、続きを書いております。

そうそう、前回のお手紙で、私の鎌倉での生活を問われましたね。一日をどのように過ごしているのか。はい。単純です。

朝は四時に起床し、七時まで写経をし、朝食後、一時間ほど別荘の近くを散歩します。お寺廻りをします。時々、遠くの寺に出かけますが、その場合は人力車を雇います。日が高くならないうちに帰宅します。午後は昼寝か読書、それでなければ写経の続きです。

夕食が終ると軽い散歩をします。あとは裁縫か写経。九時には寝ます。規則正しい生活です。主人がいる時も、変わりません。主人は別荘に来ても、本を読んでいるか、考えごとをしているだけで、目の前が海だというのに泳ぎもしません。考えごとというより、実は居眠りしているのですね。目をつむっているから、考えている人のように見えるのです。

「どうも海というものは、人を怠け者にする。すぐに眠気を誘う装置は、床屋さんの椅子の如しだ」と言いわけをします。弁解なんてする必要がないのに、ひと言言わずにおれないのですね。

そんなだから別荘は退屈なようで、三日もいると、すぐ東京に帰ってしまいます。私の実家を拠点に、友人たちの家を転々として楽しんでいたようです。私の妹や弟は夏休みの間、別荘で私と同居しておりましたが、彼らは主人とは逆に海とべったりの毎日で、私と顔をあわせるのは夜と雨の日だけ。私は日中、誰とも口をきかない日が多かった。

隣の別荘に、ワガサさんという（どんな字を当てるのか知りません）、四十代の女中さんがいて、朝、寺参りの時、偶然にある寺でお見かけしました。熱心に拝んでいる姿に、何か悪い気がして、あわてて立ち去ろうとしたら、見つかって呼びとめられてしまったのです。

おどおどしながら寄ってきて、小声で「誰にも言わないで下さいね」と口止めをするのです。私は何のことかわかりませんでしたが、相手の真剣な表情に気圧《けお》されて、「はい」とうなずきました。

「ああ、よかった」ワガサさんが胸を撫でおろすしぐさをしました。それから、ニコッと頬笑み、「私も、言いません」

私がけげんがると、軽く私をぶつ真似をしました。

その晩、ワガサさんが私を訪ねてきました。栗饅頭を手みやげに持参しました。私は季節雇いの鈴ばあやを呼び、三人でお茶にしました。鈴ばあやとワガサさんは、隣同士、しかも同じ女中仲間で、日頃互いに挨拶を交わし、伝言のやりとりをする、冗談口を叩きあう近しさでしたから、私は気をきかせたつもりでした。

実はワガサさんは、様子を探りに来たのだろう、と推量したのです。朝の出会いを、私が家人に告げていないか。それは鈴ばあやの挙動を見ればわかる、と判断したに違いありません。

栗饅頭の味から、栗の話になりました。

鈴ばあやが、栗はおいしいが、食べるまでにこんな手間のかかる物はない、と愚痴りました。

「たとえば栗ご飯。十人家族を満足させるには、どれほど大変なものか。一人で栗の鬼皮《おにかわ》を、一粒一粒むいていくことを考えてごらんなさい。わかるでしょう？　鬼皮をむいたら次は渋皮《しぶかわ》。渋皮をむくと、当然、実は小さくなる。十人家族を満たす量たるや、すごいものです。苦労して炊きあげても、ああ、うまかったの一言でおしまいですもの。栗ご飯はほめられても、栗をつくろった労力は報われない」

鈴ばあやが溜息をつきました。

「あたしは栗の季節が来るとゆううつで、ゆううつで。栗は親の敵《かたき》です」

いまいましそうに、饅頭をパクリ、とかじりました。鈴ばあやは数年前までお屋敷の家政婦をしていましたが、息子さんが商売に成功したため、今はあくせく働く必要がなく、夏の間だけ海の別荘で賄方《まかないかた》をしています。私がお借りしている別荘の持ちぬしから、ご紹介いただいたのです。実直で、責任感の強い老女でした。

そんな人でしたから、十人家族の栗ご飯をこしらえる姿を想像すると、気の毒で、笑いごとではありません。けれども、なんだか不謹慎にも笑みがこぼれてくるのでした。私は悪いと思いながら、つい、大声で笑ってしまいました。鈴ばあやはいやな顔をするどころか、「笑った、笑った」と手を打って喜びました。

「奥様は笑顔が美しい。笑った方がいい。笑わないと、損です」

「本当に」ワガサさんが同調しました。「同性でも、ほれぼれとする笑顔ですよ、奥様」

そして、ワガサさんは、自分の故郷の話をしました。

「私の田舎は栗の産地なのです」

「おや？　あたしゃ悪口を並べてしまった。罰当たりだ」鈴ばあやが渋い顔をした。

「六月頃になると、村が栗の花の匂いに包まれるのです」

「どこですか？」私が聞きました。

「茨城の山の奥の方です」ワガサさんが答えました。

「子どもの頃はいい匂いだとうっとりしていたのですが、大人になると頭が重く痛くなって、私、耐えきれずに村を逃げだしました。海が近くにある土地に住みました。潮の匂いが体に合ったのです」

「鎌倉も、それで？」鈴ばあやがうなずきました。

「ええ。栗の村ですから、経済は豊かでした。栗長者といわれる人が、何人もおりましたから」

「栗の実ってお金になるの？」鈴ばあやが目をむいた。

「そりゃ家庭で食べる量は知れていますけど、お菓子屋さんがまとめ買いするんです。そして、実よりも木が売れるんです」

「栗の木が？」

「材木ですね。栗の木って硬くて腐りにくい。だから、船の櫓《ろ》に使われるんです。それと丈夫だから荷車。一番需要があるのは、枕木です。線路の、枕木」

「ああ、なるほど。これは数量が必要だ」鈴ばあやが合点しました。

「枕木長者が何人もいます」

「枕木長者」私と鈴ばあやは声を上げて笑いました。

「その枕木長者の一人が、どういうわけか不幸に襲われたのです」

私たちは笑いやめ、ワガサさんを見ました。

「二人の子どもさんが汽車にはねられて亡くなったのです。村の人は、栗の木のたたりだとうわさしました」

「偶然でしょう？」私はワガサさんに確かめました。

「翌年、別の枕木長者の、今度は娘さんが鉄道事故に遭われたのです。それで二軒の長者は、枕木を売るのをやめてしまいました。いつのまにか、村を出て行ってしまったのです。家屋敷をそのままにして」

「だって、広大な敷地なのでしょう？　山林？」と私。

「ええ。村人も踏み込まない栗の山。手毬《てまり》ほどもある栗のイガが、毎年、生《な》っては落ちて朽《く》ちていくそうです。夜中に自然に落下する音が聞こえて、気味悪いそうです。栗ってイガごと落ちるんです。地に落ちて、笑《え》み割れるんです。落ちた瞬間、子どもが大口を開けて笑ったように見えるんです」

「やめて」私はワガサさんを制しました。その光景が見えるようだったからです……。


九月の末に、夏目夫人から、鎌倉を引き揚げる旨、葉書が来た。続いて、医師の診断を受け、本復《ほんぷく》の太鼓判を得たので、まもなく熊本に向かうとの手紙をもらった。ついに何の病であったのか、説明は無かった。しかし、とにかく元気になられたのは、めでたい。より江は長い道中の平安を祈る、と葉書を認めた。夏の間に、こんな大人びた手紙文が書ける少女に成長していたのである。

より江の留守に、祖父と母がこんな会話を交わしていた。

「これは、より江の耳に入れない方がよいと思うが、夏目夫人の病気のことだ」

「よくない病気なのですか？」

「病気じゃない」祖父が説明した。

「より江に集印帳を送ってきたろう？　押された寺印の、寺の名を一つ一つ調べてみた。暇だからの」

「何がわかったんです？」

「鬼子母神《きしもじん》だの、水天宮《すいてんぐう》だの、それらと縁故のある寺や神社が多い」

「どういうことですか？」

「夫人はそれらの寺社をお参りしていたということさ」

「子宝を授かるための祈願ですか？」

「それなら療養は変だろう」

「あ」何か言いかけて、やめた。

「そう」祖父が、こっくりした。「うみながしだ」

流産である。

「どうして、また?」

「おそらく無理をしたのだろう。引っ越しや義父の不幸などいろいろあったようだし、何より、上京の長旅がこたえたのではないかな。道理で写経に明け暮れるわけだ。しかし、この件は、より江には話さない方がいい。奥様がより江に告げた様子はないから、なおのこと秘密だ」

「年頃ですからね」深くうなずいた。

十一月の初め、より江は夏目夫人から新住所の通知をいただいた。センセにとっては熊本で四回目の転宅である。

# 勘どころ

より江は十四歳で、花嫁になった。

「こりゃいい。よく似あう。日本一の花嫁じゃ」

上半身を起こし、蒲団《ふとん》の山に背中をもたせ掛けた祖父が、手を打って喜んだ。

「ほんにまあ、ういういしい姿だこと」祖母が目を細めた。

「この年で島田髷《しまだまげ》がしっくりするなんて」母があきれたように言い、しかし満更でもなさそうだった。

「大人っぽい所があるのだね」

「より江は頭が大きいから、日本髪が合う」

祖父がコロコロと笑った。そして母に言った。「いっそお前も文金島田の髪にしたらどうだ。親不孝の埋め合わせができるぞ」

「奥様。もう一つ店にございますよ」髪結いが早速商売気を出した。「取り寄せましょうか？」

「ばかね、冗談よ」母があわてて手を横に振る。「この年で花嫁姿だなんて、とんだオデデコ芝居よ」

江戸時代の安直な菰掛《こもか》け小屋での芝居である。オデデコと言ったとたん、母屋から男たちの合唱が聞こえてきた。

「こんぴら船船、追手に帆《ほ》かけて、シュラ、シュシュ、シュ、まわれば四国は……」

父の会社の人たちだった。十人ほど年始に来たのである。にぎやか好きの父が引き止めて、大宴会になった。客の相手をしていた母も、座が乱れてきて完全に酔っぱらいだけのやりとりになったので、ほうほうの体で隠居所に逃げてきたのである。今日は正月三が日の、三日目であった。

暮れに祖父が大発作を起こし、重態に陥った。父を急ぎ五木鉱山から呼び戻したら、正月の仕度どころでなかった。ところが奇跡が出来《しゅったい》し、持ち直すどころか、二、三日たつと発作が嘘のように、前よりも元気になった。

「わしは腎臓結石のような体質らしいよ」

祖父はうそぶいたが、さすがに気弱になった。より江が髪を正月らしく桃割れに結いたい、と母にせがむと祖父が何を思ったか、より江の島田髷が見たい、と言いだした。島田は成人の女の髪型である。しかも花嫁が結う高島田か文金島田をとの所望である。

「わしも先が長くない。このたびはしみじみ思い知った。孫娘の花嫁姿を目に焼きつけずに、この世を去りたくない。考えれば娘（より江の母）の晴れの衣装も見ずじまいだった」

「その節は大変失礼しました」

母がおひゃらかすような口調で言い、ぺこんと頭を下げた。

「まあまあ、お爺さん、終ったことですよ」

祖母がとりなす。どうやら母の結婚では、父親とひと悶着《もんちゃく》あったらしい。

「お母さんたちは祝言《しゅうげん》を挙げなかったの？」

より江は祖母に聞いた。

「いいえ」すぐに否定した。「立派な婚礼を挙げましたよ。この人が出なかっただけです」

「出られなかったのだ」祖父が息巻いた。

「お母さんは白無垢《しろむく》の衣装で文金島田、それはそれはお姫様のようでした。この人は見なかっただけです」

「見られなかったのだ」祖父が地団駄を踏んだ。

「よしましょうよ」母がなだめた。「それよりお爺さんの願いを叶えてあげましょう。島田は無理だけど、より江に桃割れを結わせるわ。それでいいでしょ？」

わあい、とより江は踊りあがった。前々から正月には桃割れの髪型にしたかったのだ。桃割れは十七、八歳にならないと似あわない、と母に止められていたのである。出張してきた髪結いさんが、祖父の望みを聞き、店に鬘《かつら》の見本がある、暮れの内は忙しくて来られないが、正月は手がすくから持参して付けてあげましょう、と言った。今日はわざわざ持って来てくれたのである。

母屋の合唱が、変わった。今度は、伊予節である。父の声も交じっている。

「伊予の松山、名物名所、三津の朝市、道後の湯、音に名高い五色素麺、十六日の初桜……」

「折角だから、より江の島田姿を写真に撮ろうじゃないか」祖父が言った。

「明日、君田写真館に頼んできなさい」

「正月は商売柄、忙しいんじゃないかしら」

母が案じた。

「ご祝儀をはずめばよい」祖父はうむを言わせない。

「重たい」より江が髪結いに訴えた。

「ごめんなさい。外しましょうね。大人の鬘ですものね。ご隠居様よろしいですね？」

「より江はすてきな花嫁になるじゃろう」

祖父が満足気にうなずいた。

より江は元の桃割れになり、髪結いに調えてもらうと、二階の自室に戻った。

「あとで宴会のあと片づけを手伝ってちょうだいね」母が声をかけた。

より江は今日いただいた年賀状を、もう一度ていねいに眺めるつもりで、席を外したのである。

まず、熊本の夏目夫人の賀状から手に取った。夫人からは暮れに、遊びに来ないか、という誘いを受けていたのである。センセ（漱石）が友人と正月に小天《おあま》温泉に出かける。「昨年の正月は、元日から教え子の生徒たちが、入れかわり立ちかわり年賀に来て、こしらえたお節料理がすっかり底をつき、それでも客が引きもきらず、とうとうセンセが、挨拶に来た者に空茶だけとは失礼だと癇癪玉を破裂させ、センセの同僚が、まあまあとなだめる始末、私は明け方までかかってキントンや紅白膾《なます》、ハスの煮つけを作りました。私は洋食は得意ですが、和食は見よう見真似で形だけ、味は二の次です。これにこりて、来年の正月はセンセ他出して不在、ということにしました。小天温泉には美女がいるとの友人の話です。センセはせせら笑って、山の中の美女というのは熊のことだ。会ったらこまる、と申しながら出かけていきました。一月四日に帰宅の予定、それまで私は一人ぼっち、鼠に引かれぬよう、より江さん話し相手になって下さいな」

　残念ながら祖父の重患騒ぎで行けなかったが、夫人からは犬の絵の年賀状（今年は戌年だった）が届いていた。絵の横に、こうあった。「センセは居ぬ（犬）、私は留守ワン（番）」

　久保猪之吉からも来ていた。久保の賀状は、大学ノートを破いて便箋代わりにしたものである。数学の公式が、びっしりと書いてある。下部の方に、前回の答えと、より江の解答がなぜ間違いであるか、懇切ていねいに説明されていた。

　より江は、どきどきしながら、ゆっくりと読んだ。久保の通信教育は、より江にはラブレターのようなものであった。噛んで含めるように、言葉を選んで教えてくれる。甘い言葉をささやかれたように、より江はうっとりとなるのである。

　久保の出問に正しい解答をしようと、より江は頭をひねるのだが、むずかしい問題であればあるほど、ゾクゾク嬉しくなるのであった。久保が自分を思っているからこそ、難問をつきつけるのだと、近頃はそんな風に解釈して、夢見心地なのである。質疑応答は、二人だけの恋の会話なのだ。むろん、これはより江特有の独り合点である。

　相変わらず、「国語辞典用」の言葉収集も、続けている。珍しい言葉を見つけて久保に報告することも、より江には愛のささやきに似ていた。

より江が造ったわけでなく、昔からある言葉を見つけただけなのに、美しい言葉だと久保にほめられると、自分が美しいと賞讃されたように、天にも昇る心地だった。より江にはもう、たった一度、一昨年に会ったきりの帝大生、久保猪之吉しか見えていない。


母屋の歌声が、一段とにぎやかになった。

「積んで行こうか、お城の石を、船は千石《せんごく》……」

「今治《いまばり》よいやな」である。正月の席や婚礼の宴席で、必ず歌われる祝い歌で、これが出ると酒宴は打ち上げである。

「ほら。折枝さん、折枝さんや」

階下から祖母が呼んだ。祖母だけは、どうしたわけか、折枝と呼ぶ。

「酔っ払いの演芸会が御積もりになりましたよ。お母さんの猫の手になってあげなさいよ」

「はあい」と音を立てて階段を下りる。

「桃割れのお姉さんがみっともない」祖母がたしなめた。

「あなたは十四でなくって、年頃の娘なんですよ。そのつもりにならなくっちゃ」

「いや、文金島田の花嫁御寮人だ」祖父が寝床に横になりながら正した。そして機嫌よく、今治よいやな、を口ずさんだ。

祖父が亡くなったのは、それからまもなくである。眠るように、いや眠りながら逝った。そのため祖母もしばらく気づかなかった。

隠居所から母屋へ行くため、より江は暗い内庭を歩いていった。元旦におろした新しい桐下駄を突っかけたので、鼻緒が足袋になじんでいず、ひどく履きにくい。転ばぬように慎重に歩を運んでいると、いきなり、植木の蔭から、「お嬢さん」と声がかかって、より江の前に黒い影が立ちふさがった。

驚いて顔を上げると、三、四回、家庭教師に来てもらった例の測量技師である。かなり酔っている。今夜の宴会に出ていたのだろう。父はより江とのいきさつを知らないのか。知っていても、まあ、大したことではないのだが。

「お嬢さん、僕はあなたが好きです」技師が低い声で求愛した。「僕と結婚して下さい」

「お断りします」より江は憤然とした。

「断られたって僕はあきらめません」

「失礼します」より江は男の傍《そば》をすりぬけた。

背後から抱きしめられた。より江は無意識に右の肘で強く男の横腹を突いた。肘鉄砲を食らわせたのである。男が、「うっ」とうめいて腹をおさえた。振り向きざまに、今度は右の脚で男の股のあたりを蹴り上げた。

すると、凄い音を立てて、男が横ざまに倒れた。より江は驚いて、悲鳴を上げた。

「どうした？」「何だ？」「何だ？」

玄関先でおいとまの挨拶をしていた客たちが、血相を変えて内庭に駆けてきた。

「お嬢さん、どうしなすった？」

おやあ、と一人が痛がって転げまわる技師を認めた。

「お前、何をしでかした？　便所に立ったと思っていたのに」

より江はふるえていた。口がきけない。

「こいつ、お嬢さんを襲おうとしたんだな」

「とんでもない奴だ」「制裁しろ」

数人の男が、技師にのしかかった。酔っているから、歯止めがきかない。技師が大声で泣き出した。

「やめろ」父が駆けつけた。「正月だというのに、縁起でもない」

その時、隠居所から祖母の悲鳴が上がった。

より江は祖父の急死と共に、この三日の晩の出来事を、詳しく久保に書き送った。久保から速達でお悔やみと香典が届けられた。追って、長い手紙が来た。

熊本での祖父の思い出が記され、自分の生半可な医学知識で恥をかいたこと、でも自分の診立《みた》て違いから祖父の命が助かったわけで、ケガの功名であったこと、中途半端な物知りも馬鹿にならぬこと、物知りといえば、とあって、久保は次のような護身術を伝授した。

「より江さんは美人だし、今後も暴漢に襲われないと限りません。いいですか、その時は男の大事な所を狙うこと。これ、覚えておいて下さい。殴ってよし、蹴ってもよし。どんな強力な男もイチコロです。いいですか、男の勘どころですよ」

より江は、勘どころという言葉に赤面した。愛する久保が、そっとより江にだけ自分の弱点を教えてくれた、と感じた。それはより江だけの秘密であった。

# 第三章　ヨとヲ

## 衝　撃

久保猪之吉《いのきち》から、より江あて速達便が届いた。今まで何百通も手紙のやりとりをしているが、速達は初めてである。より江はドキドキしながら封を切った。

時候の挨拶もなく、いきなり、「熊本の夏目夫人が自殺を図った。ご存じですか？」

衝撃的な文章が、より江の目に飛び込んできた。

「えー」と叫んで、思わずうずくまってしまった。

わなわなとふるえながら、文面に目を走らせた。

「さいわい命に別状なく……」という一文を得て、ようやく動悸が治まってきた。ひと呼吸入れて、窓の外の、匂うような青葉を眺めたあと、ゆっくりとその先を読んだ。

夏目夫人の自殺未遂の状況が記されていた。

夏目センセは今年（明治三十一年）、熊本で五回目の転居をした。新居は白川《しらかわ》という川の、すぐ近くの二階家である。

今年は長梅雨であった。増量した白川に、七月初旬の明け方、夫人は身を投げたのである。たまたま投網《とあみ》を打つため準備をしていた人が、騒ぎを知って急いで船を出し救《たす》けてくれた。

夫人の一件は、秘し隠された。

官立の第五高等学校教授夫人の自殺未遂とあらば、スキャンダルとして新聞種になる。センセの同僚たちが奔走し、記事を差し止めたのである。かくて夫人の入水《じゆすい》事件は、無かったことになった。

久保猪之吉は、どうして知ったのだろう？　しかも東京で。松山のより江は何ひとつ知らなかったのに。

むろん久保はそのことも記していた。

寺田寅彦《とらひこ》、である。五高生の寺田が、久保に手紙でそっと知らせてきたのである。

寺田は夏目センセの教え子である。五高に入学以来センセにあこがれていたが、あくまで英語の先生と生徒の関係でしかなかった。

センセと急激に親しくなったのは、昨年の夏からである。寺田と同じ高知出身の同級生が、英語の成績が悪くて落第しそうになった。落第すると、その生徒は給費を受けられず学校をやめざるを得ない。母子家庭でもあり、かわいそうである。何とか点をいただけないだろうか。寺田はその同級生とは格別親しい間柄でなかったが、見るに見かねて、自発的にセンセの恩情に訴えたのである。

センセは黙って聞いていたが、点をやるともやらぬとも言わなかった。寺田もひと通り話したきりで、センセの返事をうながすでもない。説明すれば彼の役目は果したことになるのである。

寺田は話題を変えた。

「先生は俳句をお詠《よ》みになられますが、俳句とは一体どういうものですか?」

センセは別に驚きもせず、「君は俳句は初めてかい?」と反問した。

「試験勉強で芭蕉の作品をいくつか読みましたが、自分では作ったことはありません」

「俳句とは、つまりレトリックの煎じ詰めたものだよ」

「ははあ。面白いものですか?」

「読んでも面白いが、作ると一層面白い」

「僕にも作れるものですか」

「面白がる者なら、誰でも作れる」

「僕も作ってみようかな」

「詠んだら見せてごらん」

「夏休み中に作ってみます。持って参ります」

そして寺田は昨夏、郷里で俳句の本を読みちらし、興のおもむくまま独吟《どくぎん》した。三十句ほど抜き書きし、夏休み明け、センセに見てもらった。センセは良いと思う句には丸を、秀抜と認めた句には二重丸をつけ、一句ごとに批評してくれた。その評言がまことに奇警《きけい》であり、適切なのである。寺田はセンセの物の見方の独特に、はまってしまった。

俳句がわかることは、人間がわかることである。寺田はそのように取った。

それから一週に二、三回、センセ宅にお邪魔するようになった。センセ宅では五高生を集めて運座《うんざ》が開かれた。寺田も参加したが、彼だけは、何でもない時にも自由に顔を出した。センセも文句を言わない。むしろセンセの方で寺田を気に入ったようである。夫人も同様であった。何しろ寺田は大抵のことを知っている。たとえば塩の役割について、湯豆腐に少々入れれば豆腐が固くならないとか、炭火にふりかけると熾《おき》がパチパチはぜないなど、夫人の質問に理詰めで教えてくれる。夫人は寺田に「博学士」の称号をたてまつった。博学の学士さま、である。

センセ宅に入りびたっていた寺田だから、事件を知ったのは早いだろう。しかし、本当に夫人は自殺を図ったのだろうか。

寺田はある者から耳打ちされ、二、三の五高関係者に確かめた上で、久保に内報したという。久保にそのように伝えたらしい。

寺田が現場を目撃したわけではないのである。そして直接、夫人の口からいきさつを聞いたのではない。あくまでも、うわさにすぎない。

より江は、悶々とした。

これでは、にっちもさっちもいかない。お見舞いを述べるわけにもいかないし、することもできない。どうしたら、よいだろう。

考えに考えた末、当たって砕けることに決めた。本人にじかに訊《たず》ねるのである。

そうはいっても、本当に自殺しようとしたのですか、と問うわけにはいかない。

より江は、思案の末、夢を見たことにした。夫人が池に落ちて、助けを求めている。より江は着衣のまま水に飛び込み、泳いで夫人のそばに行こうとするのだが、どういうわけか一向に進まない。むしろ、後退している。いつか夫人の姿が遠くにある。より江は必死で叫ぶ。

「奥様。おくさまあ」

目がさめたら、ぐっしょり全身がぬれていました。冷汗をかいていたのです。

私は、悪い夢を見ていました。急に、奥様のことが心配になりました。奥様、何事も無いでしょうね。

夫人から、返事が来た。ドキドキしながら開封した。

「より江さん。お変わりありませんか？　受験の準備は、着々と運んでおりますか」

そういう書き出しの手紙なので、より江はホッと安心した。いつもの、夫人の口調である。

ところが次の一行を目にしたとたん、より江はぶん殴られたような衝撃を受けた。

「あのね、私、この間、死のうと思ったの」

いけない。奥様、死ぬなんて。だめ。だめ。死んじゃ、だめぇ。

思わず、声を上げていた。

「折枝《おりえ》。どうしたん？」

階段の上がり口から、祖母が呼んでいる。

「折枝。何があったん？」

より江は我に返った。どっと、熱い汗が体中に吹きだした。

「うん。夢を見たん」

「うなされたんじゃな。何の夢や？」

「お化け」

「勉強に根《こん》を詰めすぎたんじゃろう。ええ加減にしとき。体をこわしたら、女学校も何もない。程々にしときんさいや」

「うん」

より江は、こわごわ先を読んだ。

「私、どうかしていたのね。明け方、ふっと目がさめたら、赤ちゃんの泣き声が聞こえるのよ。それが、いつまでも泣きやまない。一体、どこの赤ちゃんだろう？　ふらふらと起き上がって、雨戸を開けたら、いやだ、この家の軒下の方で聞こえるじゃない？　三カ月ばかり前に移ってきた家は二階家で、私とセンセは二階で寝ていたの。

私は下りていって耳をすましました。すると、外で泣いているじゃないの。捨て子かしら。まさかねえ、と思いながら、下駄をつっかけて、戸外に出た。家の前は、白川という川が流れている。赤ちゃんの泣き声は岸辺からする。はっ、と胸騒ぎがして、私は小走りに岸に向かった。

すると、どうでしょう、赤ちゃんの声は川でするのよ。声の方に目をやったら、なんと、川のまん中辺を、白い揺《ゆ》り籠《かご》が流れていくじゃありませんか。泣き声はその揺り籠から響くの。

その時、私は誰かの声を、確かに耳にしたのね。あれは去年、突然、行方不明になったあなたのお子様ですよって。早く捕まえないと、二度と会えなくなりますよ。あ、はい。捕まえます。私は川に入った。揺り籠は、見るまに流れていく。私は叫んだ。赤ちゃんの名を呼んだ。呼んだつもりだったけど、声にならなかった。赤ちゃんの名が出なかったの。出ないのも当然、だって、名前をつける前に、私の赤ちゃんは行方知れずになったのですから。名無しの赤ちゃんですもの。

待って。待ってちょうだい。誰か、私の赤ちゃんを引き止めてください。行ってしまう。

センセに申しわけが立たない。私は死ぬ。死んで、センセにおわびする」

「だめえ！」より江は、叫んだ。

「死んじゃ、だめ！　死んではいけない」

より江！　母が飛び込んできた。激しく、より江の頰を、平手で張った。

より江は一瞬、何が起きたかわからなかった。キョトンとした。

目の前に迫った母の真剣な顔に気づいた。すると、にわかに、片頰に痛みを覚えた。より江は号泣しながら、母に抱きついた。母があやすように、より江の両肩を軽く叩いた。

「センセの奥様が」泣きじゃくりながら、訴えた。「センセの奥様が」

おお、おお。母が妙な声を発した。母も一緒に泣いているのだった。

それから数日の間、より江は熱を発して寝込んでしまった。祖母も母もおろおろし、むろん、医師を呼んで丹念に診《み》てもらったが、「三、四日、安静にしていれば大丈夫」「まあ、知恵熱のようなものでしょう」と気休めの注射を打つだけで、それでも悪くはならず、やがて一日ごとに熱が下がって、ある日、赤紫蘇《あかじそ》をくるんだお握りが食べたい、と言いだした。

祖母が喜んで三つほど握ったら、三つともぺろりと平らげた。赤紫蘇のむすびは、祖母が自慢の紫蘇漬を用いる。より江は子どもの時から、これが大好きだった。

「お母さんは？」ふと気がついて訊ねた。

「郵便局に出かけたよ」

祖母が答えたとたん、女中のおまつが、「郵便が参りましたよ」と母屋《おもや》から持参した。祖母が漬物甕《がめ》から手を離せないと言うので、より江がおまつから受け取った。夏目夫人のより江あての手紙であった。より江は手拭きで、薄赤く染まった掌《てのひら》を拭《ぬぐ》い、急いで封を切った。

「発熱されたとお母様の手紙にあったので、心配しております。その後、塩梅《あんばい》はいかがですか……」

母が知らせたらしい。

「お母様から刺激的なお話はなさらぬようにと、お叱りをいただきましたけれど……」

えっ？

「私は面白がって書いているわけではありません。より江さんに、人生の真実として、是非とも知ってほしかったのです。私は酔狂で自殺を図ったのでは、決してありません。これだけは、より江さん、信じてください。

私の不注意で、センセのお子を死なせてしまった。私はセンセに申しわけなくて申しわけなくて……」

「センセが浮気している、と聞いた時、私は罰が当たったのだと思いました」

えっ？　センセが浮気？

「いつぞや手紙に書いた小天《おあま》温泉の美女です……」

# 那美

夏目夫人の音信が、とだえた。

より江の母が文通の中止を申し入れたため、とより江は取っていたが、あとでわかったことだが、夫人は加減が悪く、手紙をやりとりする状態ではなかった。

原因は悪阻《つわり》であった。身籠《みごも》った夫人は、悪阻がひどく、食事どころか、薬も服用できない。水さえ飲めない。吐いてしまうのである。

悪阻が悪化し、体が衰弱した結果、けいれんや失神の発作を起こすようになった。ヒステリー症状である。

夜中に突然起き上がって、戸外に飛び出すことがあるため、センセは扱《しご》き帯で夫人の右手と自分の左手を結んで寝たという。ずっと後年、より江は夫人からその話を聞いたのだが、夫人はむろんセンセから教えられたのである。ご本人は覚えていないからである。発作が治まれば、ケロリ、とする。

激しいヒステリーは三カ月余続いたらしい。流産によるショックで、幻覚症状に悩まされた夫人は、自殺未遂事件のあと、今度は重い悪阻に苦しんだわけだ。そこに東京の父親の失職と、センセの「恋愛」騒動が、かぶさってきた。

父親は、貴族院書記官長を務めていた。それがこのたび大隈重信内閣の総辞職により、辞任することになった。次のポジションが決まるまでは、浪人生活である。育ち盛りの子どもが五人もいた。実家の経済不安も、夫人には大きな心労であったろう。

さて、センセの「恋愛沙汰」である。

より江は東京の久保猪之吉に、「密書」を送った。熊本の小天温泉で、絶世の美女とうたわれている娘のことを知りたいのだが、熊本第五高等学校（五高）生徒の寺田寅彦に、手紙で問い合わせていただけまいか、と頼んだのである。

夏目夫人から聞いたことは内緒にした。もしも夫人の言うセンセの浮気が事実なら、当然、五高ではうわさにのぼっているだろうし、夫人の自殺未遂を知る寺田が耳にしないはずはない。なぜ久保が美女のことを問うのか不審に思うだろうけど、うわさの内容は教えてくれるだろう、とより江は踏んだ。夫人の事件をまっ先に久保に報じた寺田のことだ、自殺の遠因を問われて推測を述べないはずはない。より江は確信していた。

寺田が警戒しないよう、より江の名は出さないでほしい、世間話をするように何気なく小天温泉を切りだしてほしい。夏目夫人が小天のことをより江に語ったと寺田に言わない限り、久保が美女の素性を寺田に尋ねても、唐突に感じないだろう。けげんにも思うまい。

事情を知らぬ久保は、より江の頼み事を自分の用事に置きかえて寺田に、伝えてくれた。小天温泉に出かけた友人が、温泉一の美女の話を得々とみやげ話に語ったが、これは本当のことだろうか、自分は眉唾《まゆつば》だと否定し口論になった、我々の間でにわかに山の湯の美女論争が沸騰している、君、確かな証明になるものが何かないだろうか。

すると、寺田から久保あてに新聞記事の切り抜きが送られてきたのである。

久保は寺田の手紙ごと、より江に転送してきた。新聞記事はごく最近のもので、「肥後《ひご》もっこす略伝」という連載ものの、34回35回の二回分であった。

「前田案山子《かがし》」という代議士の半生がつづられていた。この人は小天温泉一帯の大地主で、第一回衆議院選挙で当選した。温泉地に別荘を構え、連日のように複数の訪問客をもてなしていたが、応対がわずらわしくなり、五、六年前に別荘を旅館化し営業しているとのことだった。小天温泉というのは前田家を言うらしい。すなわち温泉名が旅館名でもある。他に旅館は無いらしい。

前田家は熊本でも指折りの物持ちで、書画骨董の所蔵者としても著名だった。宮本武蔵の直筆の『五輪書《ごりんのしょ》』を所持していた。

案山子には、男四人、女三人の子どもがいた。娘たちはいずれも美人揃いで、特に長女の卓《つな》が抜きん出ていた。結婚に失敗し、実家に戻り、旅館を手伝っていた。

夏目夫人がより江に伝えてきた「小天温泉の美女」とは、この卓のことである。卓は夏目金之助《きんのすけ》（漱石）より一つ若く、二人が初めて知りあった時、三十歳だった。九年後の明治三十九年九月、漱石は卓をモデルに書いた小説『草枕』を発表する。『草枕』では、卓は「那古井《なこい》温泉の志保田那美《しほだなみ》」の名で登場する。こんな風に描かれている。

「顔は下膨《しもぶくれ》の瓜実形《うりざねがた》で」、「額は狭苦しくも、こせ付いて、所謂富士額《いわゆるふじびたい》の俗臭を帯びて居る」。「どうしても表情に一致がない。悟りと迷《まよい》が一軒の家に喧嘩をしながらも同居して居る体《てい》だ。此女の顔に統一の感じのないのは、心の統一のない証拠で、心に統一がないのは、此女の世界に統一がなかつたのだらう。不幸に圧《お》しつけられながら、其《その》不幸に打ち勝たうとして居る顔だ。不仕合《ふしあわせ》な女に違ない」

『草枕』の主人公は、旅する画家である。画家は、「那美」の宿に泊まる。画家の目にうつる「那美」は、かなりエキセントリックに描かれている。

花嫁衣裳を着けて、廊下を行ったり来たりする那美。誰かにその姿を見せるためなのか、あるいは自己陶酔なのか、わからない。

夜中に歌を歌いながら、庭を散歩する那美。

かと思えば、黙って画家の寝ている所に入って来て、戸棚を開ける那美。もっとも画家にあてがわれた部屋は、客が無い時は那美の居室なのである。

画家が夜、温泉につかっていると、那美が入ってくる。裸体である。さっさと湯を使い終ると、湯煙の中を艶然《えんぜん》と笑いながら退去した。

画家が、ふと向こう二階を見上げると、那美が障子に身をもたせて立っている。挨拶をしようと思ったとたん、「左の手を落とした儘《まま》、右の手を風の如く動かした。閃《ひらめ》くは稲妻か、二折れ三折れ胸のあたりを、するりと走るや否や、かちりと音がして、閃めきはすぐ消えた。女の左り手には九寸五分の白鞘《しらさや》がある。姿は忽《たちま》ち障子の影に隠れた」

九寸五分とは短刀のことである。胸元に差した短刀を、一瞬のうちに抜いて仮想敵に切りつけるや、目にも止まらぬ早技で鞘に納めた、というのである。納刀《のうとう》した時には左手にすでに白鞘がある。居合《いあい》、である。

画家は、「朝つぱらから歌舞妓座を覗いた」気になる。

むろん、画家が作者の漱石ではない。那美が前田卓ではないし、書かれたことが実際あったわけではない。あくまで漱石の創作である。ただ、漱石が友人と「那古井温泉」と覚《おぼ》しき場所に出かけ、「志保田那美」と目される美女に会い、親しく交際したことは事実であった。

漱石が亡くなったのち、当の卓が思い出を語っている。一生の間、ろくな男に会わなかったが（卓は二度の離婚をしている）、夏目さんだけは大好きだった、奥さんさえいなければ、いいや、二号でもいいと思った時もあった、と明らさまに語っている。

漱石の方は、どうだったろう？

『草枕』に、こんなシーンがある。

画家が部屋で本を読んでいると、「御勉強ですか」と那美が入ってくる。勉強じゃない、小説を拾い読みしている、と答える。拾い読みしている小説は、外国の原書である。

どんな小説なのか、翻訳して読んでほしい、と那美がせがむ。画家はたどたどしく訳しながら読む。

その時、「轟《ごう》と音がして山の樹が悉《ことごと》く鳴る。思はず顔を見合はす途端に、机の上の一輪挿《いちりんざし》に活けた、椿《つばき》がふら〳〵と揺れる。『地震！』と小声に叫んだ女は、膝を崩して余の机に靠《よ》りかゝる」

「余」というのは、画家のことである。

「御互の身軀《からだ》がすれ〳〵に動く。キ、ーと鋭どい羽搏《はばたき》をして一羽の雉子《きじ》が藪の中から飛び出す。『雉子が』と余は窓の外を見て云ふ。『どこに』と女は崩した、からだを擦《す》り寄《よ》せる。余の顔と女の顔が触れぬ許《ばか》りに近付く。細い鼻の穴から出る女の呼吸《いき》が余の髭《ひげ》にさはつた」

きわどいシーンである。

実際に漱石が体験したことかどうかは、わからない。しかしきわめてリアルな描写ではあるまいか。

より江が祖父と熊本を訪れた際に触れたが、明治二十二年の夏、熊本は大地震に襲われている。漱石が赴任する七年前である。漱石はその痕跡を目にしただろうし、地震の恐怖をまわりの人たちから聞いたことだろう。耳にした話が、『草枕』に取り入れられているのかも知れない。

より江はこのところボンヤリとした毎日を送っている。勉強に身が入らない。

(人は誰もが秘密を持って生きているのだ)

そんなことを、考えている。

夏目夫人に無沙汰見舞いの手紙も書かなかった。

卓という美女が、一体どのような女なのか。センセが惚れ込むような女なら、容貌のみでなく性格もすてきなのだろう。夏目夫人より魅力があるのだろう。より江はあれこれ想像し、自分が作りあげた女人像に没頭した。

そして、いつのまにか、その女と対話している。

いや、独り言を言っている。というより、より江が前田卓になっている。卓のつもりなのである。卓になりきっている。

そのため対話の相手は、卓の恋人ということになる。センセ、である。

子どもの頃の癖が、子どもの頃よりも、あらわに出た。はた目にはボンヤリとしているように見えるけど、頭の中でより江はまだ見ぬ前田卓になり、センセと睦《むつ》まじく語らっているのである。

「折枝！」

祖母が呼んでいる。

「折枝や。聞こえないのかい？」

祖母の声をうとましく思う。より江の頭では、夏目夫人が呼んでいるように思える。より江は舌打ちし、

「なあに、おばあちゃん」

夢からさめ、現実に戻る。

せっかく、いい場面なのに。より江は立ち上がりながら、ふと考えた。

(おばあちゃんは、どうしてあたしを折枝と呼ぶのだろう?)(あたしの名は、より江なのに)(おばあちゃんがあたしを間違えて呼ぶのに、誰も注意しないのは、なぜだろう?)(父も母も、死んだ祖父も、いいや、女中のおまつさえ不審に思わない)

(なぜか?)

「おばあちゃん、あたしを呼んだ?」

二階から下りながら、わざと訊いた。

「呼んだよ。呼んだから来たんだろう?」

「何て呼んだ?」

「何てって、お前の名だよ」

「呼んでみて」

「目の前に居るんだから呼ぶまでもないさ」

「いいから呼んでみてよ。聞きたいんだから」

「ばかばかしい。それより何で呼んだか、用事を忘れちまったよ」

「もう一回やりなおしたら？　あたしの名を呼ぶところから」

「年寄りをからかうのはよしておくれ」

祖母はむくれて、口をきかなくなった。

より江は自室に戻って、今度は前と違う空想にふけった。

(両親はあたしをより江と呼び、祖母は折枝と呼ぶ)(誰もそのことを不思議がらないのは、より江の私の他に、折枝という子がいたのかも知れない)(折枝って誰のこと？)(もしかして私は貰い子ではないのか？)

そういえば亡くなった祖父が、妙なことを言っていた。娘である母の花嫁姿を、ついに見ることがかなわなかった、それだけが心残りだ、と。

なぜ祖母だけが、より江を「折枝」と呼ぶのだろう？　死んだ祖父も、おりえ、と一度も言わなかった。

今まで気にならなかったことが、気にしだすと、どうにもとまらない。これまでは祖母の単なる口癖と、聞き流していたのである。年寄りだから、よりえ、と発音しづらいのだろう。

そう思っていたが、双方を声に出して言いくらべると、おりえの方がよっぽど呼びにくい。舌を嚙みそうになる。

祖母にただしてみようと機会をうかがったけれど、何だか切りだしづらい。母にはもっと聞きにくかった。聞いてはいけないことを、たずねるような気がするのである。

より江の出生の秘密。タブーに触れるような懸念があるのだ。

それなら、まず父と母の結婚のいきさつを語ってもらおう。祖父が出席したかったのに、出られなかったという婚礼。そもそも二人は、どのようなきっかけで夫婦になったのか。

これまで、ちら、とも耳にしたことがない。あえて聞きたいとも思わなかったのだが、このたびの夏目センセご夫妻のいざこざで、突然猛烈に知りたくなった。父母たちには、どうやら秘めたローマンスがあるらしい。ひとり娘のより江にしたら、是非とも知りたいではないか。聞きたい年頃でもある。

けれども、面と向かってせがみにくいのである。

なぜだろう？　両親の恋の話を、本人たちから聞くのは照れくさいのである。親の方も、子には語りづらいのではないか。

おばあちゃんがいい。祖母になら気軽にねだれる。祖母も孫になら、笑いながら語れるのではないか。

父母の昔の姿を聞く道筋で、より江の名前のいわれを、自然にうかがうことが可能だろう。

ある日、おあつらえ向きのきっかけができた。

隠居所の一階でより江が手紙を書いていると、祖母が女中のおまつに擂鉢《すりばち》を運ばせてきた。胡麻和《ごまあ》えをこしらえるという。おまつを母屋《おもや》に帰すと炒《い》り胡麻を鉢で擂りだしたが、鉢が動いてうまくいかない。より江に鉢を押さえさせた。

祖母が中腰になって、ゆっくりと擂粉木《すりこぎ》を回す。

「しっかりと押さえなくちゃいけないよ」

祖母が注意する。

「あたしが擂ろうか？」

「手加減がむずかしいからね」

炒り胡麻の香りが、煙のように匂い立った。

「擂粉木もずいぶん磨り減ったねえ」

「長いこと使っているからね」と祖母。

「これ、何の木？」

「山椒の木だよ」

「磨り減っているということは、私たちが食べちゃったわけだね。胡麻和えと一緒に」

「そういうことになるね。木をかじってしまったんだね」

「擂粉木って変な名前。一体、誰が考えたの？」

「さあて誰かねえ？　そうそう、もしかしたら大師様《だいしさま》かも知れないよ」

「大師様って？」

「弘法大師様だよ。擂粉木隠しという言葉があるからね」

「大師様がこの棒を隠したの？」

「雪の晩に貧しいおばあさんが、大師様を家に泊めたんだよ。ところが差し上げる食物が無い。おばあさんはこっそりよその畑に出かけ、大根を盗んできて大師様にご馳走した。大師様はおばあさんの気持ちをあわれみ、雪に残ったおばあさんの足跡を念力で消してあげたんだよ。あるいは大師様が雪を降らせて、畑の足跡をわからなくしたともいうね。旧暦十一月の大師講の日に降る雪を、擂粉木隠しと言うようになったんだって」

「大師様が擂粉木なの？」

「おばあさんの足が擂粉木のようだったんだとさ」

「足跡が、でしょう？」

「同じことさ。その時降った雪を、あと隠し雪というよ」

「それ、昔から？」

「子どもの時に聞いた話だからね」

「あと隠し雪か。擂粉木隠しより、いい言葉だわ。ああ、もう少し早く知っていればなあ」

「何のことだい？」

「あたしね、辞典を作る手伝いをしていたの。美しい言葉、珍しい名称、変わった言い方を見つけたら、帳面に付けといて、ある程度溜まったら、東京に通報してたの。でも、もう終ったわ」

夏目夫妻のことに気を取られ、読者に報告する機を逸したが、より江が久保猪之吉に頼まれて、本人もはりきってあらゆる方面に目を光らせていた言葉集めの仕事は、昨年の暮れをもって一応終了したのである。

というのは、辞典にまとまることが本決まりとなり、実際、今年の七月四日に第一巻が出版されたのだ。

『ことばの泉』という。著者は、国文学者・歌人の落合直文《おちあいなおぶみ》。発行所は、東京市日本橋区通一丁目十九番地の、大倉書店である。

全五巻の予定で、和装大判（縦二十六・七センチメートル、横十九・一センチメートル）、本文は第一巻が三百九十二ページ、和紙二つ折りに活版印刷で、重量が四百三十グラムしかない。厚さは二センチあるが、子どもでも片手で持てる重さである。軽量にしたのは、編者落合の強い意向だそうだ。

久保猪之吉が第一巻刊行を知らせてきたのは六月二十日頃で、言葉収集のお礼に、第一巻のみ進呈したいと落合先生が申している、見本ができ次第、久保から送るので楽しみに待つように、とより江に言ってきたのである。

一巻だけもらっても役に立たない。母親にせがんで全巻購入するから、見本の送付は見合わせてほしい、と返事した。

久保からは、そう願えるとありがたい。実は自分も先生に悪いので、全巻予約をした。先生の編纂《へんさん》料は聞くも涙の額なのです。その代わり、先生から第一巻の「編纂の言葉」のゲラ刷りと同じものを三通ちょうだいしました。これを一通お送りします。編集手伝いの記念に、ご保存下さい、とあって、四ページの「緒言《しよげん》」（これが編纂の言葉なのであろう）が同封されていた。

「辞書編纂は、余のはやくよりの志なり」と書き出されていた。明治二十一年頃、有志者と共に言語取調所を起こした。取調所は帝国大学の所管になったが、自分は志を貫かんと言語の採集を怠《おこた》らなかった。明治二十七年の秋には、草稿三十余巻となった。

これを基とし、編纂員を集めて、おのおの分担を決め、小説を読む者、新聞雑誌を調べる者、俳書を漁《あさ》る者、戯曲に当たる者、等、集中して調査採集に励んだ。

その結果、二十九年の秋には、大方の作業を終えた。そこで出版せんと広告までしたが、折しも藤井乙男《おとお》・草野清民《きよたみ》著『帝国大辞典』、大和田建樹《たけき》著『日本大辞典』が刊行され、競争する形になるため、急きょ延期することにした。

最初は池辺義象《いけべよしかた》、畠山健《はたけやまたけし》の両氏と合著のつもりで編纂していたが、中途で議論が起こり、体裁を一定にするには、複数でなく一人が責任を以て編集した方がよい、と決まった。落合一人の著者名義になった。

とはいえ池辺、畠山両氏の協力は変わらず、また今泉定介《いまいずみさだすけ》氏は辞書編纂の志あり、すでに編纂し終った数冊を自分に贈られた。言語取調所で一緒だった赤堀又次郎《あかぼりまたじろう》氏も、画引《かくびき》の必要を説き、この辞書に付した画引は氏の考案になるものである。

その次の文章を読んだより江は、あっと思わず声をあげた。

「又、田口幸太郎君、久保猪之吉君は、その専門の学科に関する語を、全く担当せられ、大いに助力せられたり。いづれもこの書のためには、恩ある人人なり。ここにしるして、その厚情を謝す」

久保猪之吉。

より江は自分の名を見つけたように小躍りした。そして大声でバンザイを三唱した。

速達で、お祝いを述べた。久保からはただちに返信が届いた。

日清戦争が起きたため、出版社の要望でたくさんの戦争用語を、急ぎ収録しなければならなかったこと。その際、より江から届けられ、採用が決定していたいくつかの単語をやむなく割愛しなければならなかったこと、落合先生が自分の身が削られるように辛い、と落涙したこと、言葉は辞書に収めることで次の世まで生きられると申したこと、そのためいつかは、すべての言葉を完全に収録した辞書を完成させたい。そう先生が願ったこと、などが記してあった。

久保の高揚がそのまま伝わってくる熱い手紙だった。久保の興奮は、より江の興奮であった。二人は一体なのである。

「擂粉木で芋を盛る、という諺《ことわざ》があるよ」

祖母が言った。

「どういう意味？」より江が聞いた。

「やってみても、できないことだよ。擂粉木で腹を切る、ともいうね。同じ意味だろうね」

「擂粉木って、身近な物だから、それだけ愛されていたんだね」

「さあ、どうだろうね。あの人は擂粉木のようだ、という言い方があるよ」

「頭が丸いということ？　形から」

「丸い頭のことは擂粉木頭というよ。そうじゃなく、擂粉木は使えば短くなるだろう？　身を粉にして人のために働いて、何の得にもならず、自分は細って一生を終る。そういう人だよ」

「得難い人だね。誰にも真似できない、君子のような人だね」

「君子は擂粉木に喩《たと》えないんじゃないかね。亡くなったおじいさんがね、擂粉木のような人だ、と言われたよ。融通のきかない人、という意味だろうね。つまり、侮《あなど》られたのさ」

「何があったの？」

「おじいさんが勤めていた伊予絣《いよがすり》問屋の坊っちゃんが、お嫁さんをもらうことになった。結婚式を明日に控えて、肝心の花ムコがチクデンしてしまったのだよ」

「チクデンって？」

「行方不明さ。大騒ぎになってね。もっとも花ムコの居どころはすぐにわかった。坊っちゃんはお店の女中と同棲していた。連れ戻しに行ったのが、一番番頭だったおじいさん。おじいさんがどんなに説得しても、坊っちゃんは折れない。遂に父親をなだめてほしいと頼む。坊っちゃんは女中と結婚すると言う。親の方は絶対認めないの一点張り。おじいさんは両方の間に立って、弱ってしまった」

「どうなったの？」

「坊っちゃんに男の子が生まれたんだよ。旦那さんにすれば、大事なお店の跡取りだ。いざこざのほとぼりもさめているし、坊っちゃんたちを引き取ったんだよ」

「めでたし、めでたしね」

「旦那やお店はめでたいけど、おじいさんは爪弾《つまはじ》きさ」

「どうして？」

「一番おじいさんを煙たがったのは、坊っちゃんの嫁さんさ。自分たちの仲を割きに来たわけだからね。第一、夫と親のいさかいを克明に知っている人だしね。自分たちの味方になってくれなかったって恨むし、憎むよ。旦那の方も疎《うと》ましく思うようになった。お店の内情を知る番頭は、もめごとがあると厄介がられるのさ。おじいさんは体よくお払い箱」

「おばあちゃんはその時どこにいたの？」

「そのお店だよ。つまり、坊っちゃんの奥方になった人の同僚があたし。女中仲間」

「えっ？　初めて聞いた。ねえ、おばあちゃんたちの話、聞かせて」

ヨとヲ

「そもそもおばあちゃんの結婚のきっかけは、何だったの？」

より江は祖母に聞いた。

「別にきっかけといって無いよ。なりゆきで一緒になったのさ」

祖母は照れているらしい。

「それだって好きでなくちゃ、うんと言わんでしょうに」

「忘れちまったよ。遠い昔の話だもの」

「うそ。おばあちゃんだって娘時代はあったでしょうに」

「そりゃあったさ。だけど男がチョンマゲを結っている時代だもの。今のように惚れたの腫れたのと、大っぴらに告げられんさ。女は相手が好きでも、畳の目を指先で撫でて押し黙っているばかりさ」

「それじゃ男の人に通じないじゃない？」

「ところがそれでわかったのだよ。以心伝心というやつさね」

「つまり、おばあちゃんたちは、互いに好きあっていたわけね」

「好きとか嫌いじゃない。おじいさんが誘ったから、ついていったまでだよ」

「嫌いだったら行かないでしょうに」

「まあそうだね」

「嫌いなのに言いなりになったら馬鹿というものだわ。ねえ、この際だから白状なさい。おばあちゃんが結婚したのは、いくつの時？」

「はっきり覚えてはいないけどねえ」

　祖母が擂粉木に力を込めたのが、擂鉢を押さえているより江に、はっきりわかった。より江も本気になって動きを封じた。祖母が一気に語った。祖父とのなれそめである。

　セン、というのが祖母の名だった。センは阿波国《あわのくに》（徳島）の紺屋《こうや》の三女に生まれた。紺屋は藍染《あいぞ》めを業《なりわい》とする。十五歳の年に松山の伊予絣問屋に奉公した。女中奉公だが、普通のそれと違って、いわば花嫁修業の一環である。

　昔、ゆとりのある家の子女は、武家や格式のある商家に、行儀見習いに一定の期間預けられた。奥様の御用をつとめながら、奥向きのことを学ぶのである。センは機転のきく少女で奥様にかわいがられたが、奉公している間に実家の紺屋が左前になった。藍瓶税《あいがめぜい》が払えなくなって、店が人手に渡った。センは帰る家を失い、仕方なく問屋に厄介になった。

のちに夫になる義方《よしかた》とは、だから十五の年から知っていることになる。義方はセンより十五歳上で、問屋の一番番頭である。主人に信頼されていたのだが、長男の結婚問題に関わって以来、覚えがめでたくなくなった。息子の嫁が、特に目の敵《かたき》にする。自分たちの結婚の邪魔をした張本人とみなし、出ていけがしの仕打ちをする。

ひどかったのは、義方が女中に手をつけたといううわさだった。夜這いをされたと、一人の女中が訴え出たのだ。証拠の寝巻の紐《ひも》を、同僚に見せたが、まさしく義方のそれである。通い番頭の義方は、お店の者と異なる寝巻を、宿直用に用意している。もっともそんな物は証拠品にならない。女中なら誰でも簡単に盗める。義方は、はめられたのである。

番頭を首にする口実は、お金の使い込みか、不義密通《ふぎみっつう》と決まっている。退職金を出したくない商家は、この手で追い出す。

義方の不始末を聞いたセンは、奥様に信じられないと嘆願した。寝巻紐のカラクリを、女中たちの内緒話で耳にしたからである。これを長男の嫁が知って、今度はセンのあることないことを姑《しゅうとめ》に吹き込んだ。センの実家の没落を種にした。センは問屋をやめる決心をした。

ちょうどその時、店にいとま乞いしていた義方が、センの顔を見つけて長々お世話になったね、元気でね、と挨拶をした。

「こんな時にこんなことを言ってはおかしいけど」義方が口ごもりながら、こうささやいた。

「センさんも、ここをやめるんだって？」

うわさにのぼっていたのだろう。

「どうだろう、よかったら私のとこに来ないか？」

引き抜きでなく、これは求婚である。

「行きます」

センは、打てば響くように答えた。

義方とは、まともに会話を交わしたことはない。人柄のほどは、先刻承知であった。退店の真相もつかんでいる。同病相哀れむ気持ちが強い。

そして二人は所帯を持った。

さむらいの世から官員様の時代に移ろうとする頃で、物価は高騰し、物盗りが多く、人心は荒れて、危なくて夜道を歩けぬ。阿波や伊予国《いよのくに》のそこここで、神様のお札が空から降ってきて、すると人々の狂騒乱舞が始まった。いわゆる、「ええじゃないか」踊りである。ええじゃないか、と口々に唱え、でたらめに踊りまわって、鬱《うっ》を晴らす。東海道筋で意味もなく発生した群舞《ぐんぶ》は、またたく間に全国の町々に波及した。男は女装をし、女は男装して踊りまくる。

義方はこれを見て古着の行商で売りまくった。派手な、そして粗末な着物ほど引っぱり凧であった。古着で稼いで、新居浜《にいはま》の町に、木綿の着物専門の小さな店を開いた。女の子が生まれた。より江の母である。

絹の着物が着られるような娘に育つように、と義方が願いを込めて、絹江《きぬえ》と命名した。名前に釣られたように、西条《さいじよう》の絹織物問屋から義方に外交員の口がかかった。店はセンに任せて、喜んで鞍替《くらが》えした。

いい成績を上げて、問屋に重宝がられた。給与が倍増したのを機に、「絹江嫁入り貯金」を始めた。絹江に最上最高の花嫁衣装を着せて送りだすのだ、と月々定まった額を積み立てた。

そのうち四国一の豪商といわれる呉服問屋が、支配人になってくれないか、と迎えに来た。伊予絣問屋で働いていた時分から、何かと目をかけてくれた問屋である。義方は悩んだが、西条の絹織物問屋が、あなたには出世だから、と快く後押ししてくれた。

とりあえず松山支店の支配人になった。かつて勤めていた伊予絣問屋は、代替わりし漬物問屋になっていた。あるじたちの消息は知れない。

義方の手腕で支店の身代をふくらませると、外交販売の総責任者に抜擢された。自ら全国を回って、呉服の注文を取るのである。

方々《ほうぼう》に、得がたいお得意さんができた。

商売柄、お嬢さんがたの縁談を頼まれた。一方、いいおムコさんを紹介してほしい、と声がかかる。義方はセンと相談して、適当と思う男女を組み合わせ、見合いをさせてみた。

すると、面白いように縁談が成立する。どれも、うまくいった。義方は結びの神に祭られた。評判は評判を呼ぶ。おめでた話は、即、商談につながる。義方は良縁を結ぶことで、事業を拡大していった。

新居浜で商売をしていた頃、別子《べっし》鉱山の人たちと懇意になった。そのつながりは今でもあって、所長に出世した人の娘三人を、いい家庭に嫁入らせるお手伝いをした。所長は義方を徳とした。

祖母の話の途中で、より江は、「あっ」と声を発した。

「その人じゃない？　お父さんたちの仲人《なこうど》さんは」

「よくわかったねえ」祖母が嬉しそうに笑った。

「だって鉱山の所長でしょう？　お父さんの仕事がそうだもの」

「お母さんの相手は、最初は全く違う人だったんだよ」

「どういうこと？　ね、話して？　お母さんたちの結婚のいきさつ」

祖母が、ぼちぼち語り始めた。

絹江が十七歳になった年である。たて続けに二つの縁談が持ち込まれた。

「当時はこの年頃が、そろそろと声がかかる頃あいで、ほら、鬼も十八、というだろう？」

「おませだったんだね」

「そうじゃなく寿命が短かったんだよ。徴兵令もあって、戸主《こしゅ》なら兵隊に行かずにすむから、結婚を急ぐ若い人が多かった」

「フーン。お母さんはどっちを選んだの？」

「どちらも相手は呉服屋さんでね。一方は若旦那。もう一方は番頭さん」

「どちらも選ばなかったんだね」

「いいや。番頭さんを選んだ」

「フーン。でも、お父さんじゃないよね」

「何度か会って、気に入っていたんだよ」

「それがどうして、だめになったの」

「鉱山の所長さんが持ってきた写真だよ」

所長は義方に恩返しがしたい、と言った。

ある日、松山に出張の帰りだ、と所長が義方の自宅を訪ねてきた。

「手みやげ代わりに、こんな物を預かってきた」と取りだしたのは、三通の見合い写真である。

「うちの会社の、優秀な独身者なんだ。おたくのお嬢さんに、お似合いと思われる技術者を選んできた」

実は、と義方は頭をかいた。所長にはつい言いそびれてしまったが、絹江の縁談はほぼ決まりかけていた。結納を交わす日取りを、近々話しあおう、というところまで進んでいた。

「なんだ。そうだったのか」所長はガッカリしていた。

「あなたにはうちの娘三人もお世話になり、いずれも円満な家庭を持って、かわいい孫も生まれ、しあわせいっぱい。お礼にあなたのお嬢さんは、是非私の手でまとめてあげたい。そう思って東京の事務所や鉱山局などに声をかけていたのだがね」

申しわけない、と義方は平身低頭した。

「いやいや。あなたに途中報告を怠った私が悪い。あなたを喜ばせるつもりで、内緒で進めていたものだから」

さて、と所長は思案した。

「ものは相談だが」と切りだした。

「どうだろう。この写真はひとまず預かっていただけまいか。いや、わかっている。すぐに私が持ち帰って、実は結婚が決まっていたと報告するのは、いかに何でも体裁が悪い。相手の若者にも失礼だ。何日か手元に置いてもらって、どうも娘さんの意に添うムコさんが無かった、という形にしてもらいたい。それなら私も恥をかかなくてすむ」

ようございます、と義方がうなずいた。

「所長さんが置いていった写真を、絹江が見たのだよ」と祖母が言った。

「三人の中に、お父さんがいたわけ？」とより江。

「そう。ひと目見て、気に入ってしまった」

「へえ。凄い。ひと目惚れというやつね」

「それから大騒動だよ」

「番頭さんを振ったわけだね」

「先方は侮辱されたと怒るわ、仲人さんは非常識だと責めるわ、絹江は尻軽女だとあざ笑われるわ、私たちは躾《しつけ》がなっていない、と後ろ指をさされるわ」

「お父さんのどこに打たれたのだろう？」

「そんなこと、本人だってわからないよ。写真を見た瞬間、あっ、この人がいい、と閃《ひらめ》いたと、それだけだもの」

「わかるな」より江は、うっとりした。

「その気持ち、わかるよ。お互いが好きになるのは、理屈じゃないもの。第六感だよ」

「祝言《しゅうげん》を挙げる直前に、お父さんが東京事務所に転勤になってね。お母さんも一緒についていって、東京で式を挙げた。その方がよかった。うわさにならずにすんだもの」

「おばあちゃんたちも東京へ？」

「あたしだけ。おじいさんはお店の仕事で朝鮮に出張。一人娘の花嫁姿が見られなかったと、死ぬまで悔やんでいたねえ」

「ね？　あたしは、どうしてオリエなの？」

「東京から来た電報を読み間違えたのだよ。お前の命名電報。ヨリエを、ヲリエと。昔は折り紙も折鶴も檻《おり》も、片仮名でヲの字を書いた。ほら、ヨとヲ、似てるだろ？」

# 岩田帯

母の結婚のいきさつは、おおよそわかった。

次により江が知りたいのは、自分が誕生した日のことだった。

明治十七年九月十七日。この日の朝から夜まで、何があったか、逐一知りたい。理由は、単純である。自分がこの世の空気を吸った、記念すべき一等最初の日だからである。祖母がより江に代わって母に訊いてくれた。

「あたしも知りたいね。考えてみたら、この子の誕生をあたしは手紙で知らされたんだもの。いきなり、女の子が生まれたって」

「予定より二十日も早く生まれたんだもの。私もびっくりりよ」母が言った。

「どうして早く生まれたの？」より江は訊いた。

「どうしてって」母がとまどっている。

「お母さんにも、正直わからないのよ。急に産気づいたの。往来で」

「ええ！」より江は思わず声を上げた。

「私は、じゃあ、道ばたで生まれたの」

「まさか」母が微笑した。

「産気づいたのは往来だけど、大きなお屋敷の門にもたれて休んでいたの。そこにお屋敷のお嬢さんが人力車で、外出から戻ってきたの、折よく。どうなさったの？　と声をかけて下さり、家の中に招いてくれた」

「よかった」より江はわがことのように、胸を撫でおろした。

「お嬢さんの母や祖母が労《いたわ》って下さって、お医者を呼んでくれたんだけど、そのうち破水《はすい》が始まって……」

「破水って？」とより江。

「赤ちゃんを保護している水」と祖母が説明した。「出産が近いよという予告だよ」

「出産と同時くらいにお医者が飛び込んできたんですって」母が言った。「あとでお嬢さんに聞かされた。お母さんは何も覚えていないのよ」

「私はそのお屋敷で生まれたわけ？　全く他人の家で？」より江は一瞬、息が詰まった。

「そうだけど、その家の人たちには喜ばれたのよ。こんなめでたいことはないって」

「どうして？」

「無事に赤ちゃんを取り上げることができた家は栄える、という言い伝えがあるんですって」

「身内の赤ちゃんでなくとも？」とより江。

「縁起がよいんですって」と母。

「そりゃ、自分ちで他人の赤ちゃんの誕生なんて、めったにあることじゃないからねえ」祖母がうなずいた。

「そのお屋敷ってどこなの？」とより江。

「まもなくお嬢さんが結婚したのよ。お相手がお偉い軍人さんでね。やがて一家で外国に引っ越しされた。お嬢さんは一人娘だったから。最初の任地はロシアと聞いたけど、そのあと朝鮮に移り、ドイツに変わり、やがて通知が途絶えてしまって。何でも秘密の任務になったといううわさで」

「没落したんじゃない？」より江が眉《まゆ》を曇らせた。

「まさか」母が一笑に付した。

「あなたは、めでたい子ですもの。繁昌しているに決まっている。転任するたびに、一段階ずつ出世していたんですもの」

「絹江と何とかいう神社にお参りに行ったねえ」祖母が別の話を始めた。

「何の時？」母が問い返す。

「岩田帯《いわたおび》を着ける時だよ」

「岩田帯って、何?」より江が口を挟んだ。

「岩田帯はね、お産が安全に軽くすむようにと、戌《いぬ》の日に巻く晒《さらし》だよ」祖母が教えた。「妊娠五カ月目に巻くのさ」

「ああ、日本橋蠣殻町《かきがらちょう》の水天宮様《すいてんぐう》」母が微笑した。

「いっしょにお参りしたわねえ。戌の日は混むからって、確か前々日だかに出かけたっけ」

「それでもずいぶん混んでたねえ」

「水天宮様は安産のご利生《りしょう》があるから、いつでも賑わっているのよ」

「おばあちゃんはその時、東京にいたの?」

「岩田帯のことを教えに、東京に行ったのさ。これだけはおじいさんに頼めない。なに、それを口実に息抜きだよ。東京見物」

「おばあちゃんは、一歩も家を出たことのない人だと思っていた」より江は祖母の意外な一面を見たような気がした。

「絹江のおかげで東京に縁ができたからね。二、三度か行ったよ。東京も広いようで案外狭い所だと思ったのは、ほら、水天宮様で絹江のいいなずけとバッタリ会ってね」

「おばあさん！」母が泡食って止めた。

「いいじゃないかね。もう、より江には話してしまったよ」

「いいなずけって、呉服屋の番頭さん？」

より江が祖母の方に向き直った。

「そう。深川《ふかがわ》の門前仲町《もんぜんなかちょう》にお店を構えたんだって。立派になってねえ、貫禄がついて」

「おばあさん、よして下さいよ」母が強くたしなめた。

「今更どうってことはないじゃないかね」祖母が無視した。「相手も恨んでいるわけでなし、むしろ笑い話にしているんだもの。呉服屋さんはお嫁さんをもらってね、お子を授かったんだって。それで水天宮様に夫婦でお参りに来た。縁だねえ、あたしたちとバッタリ」

「お嫁さんは、どんな人？」より江が目を輝かせた。「美人？」

「いやだねえ、この子は」母が顔をしかめた。

「さあ、見なかった」祖母がうっちゃりを食わせた。

「呉服屋さんとは水天宮様の待合室で会ったんだもの、妊婦しか昇殿《しょうでん》できないから、ご祈禱いただく間、あたしらはそこで待っているのさ」

「じゃ、お母さんは会ってないの？」より江は母の方に向き直った。

「あたしは知らない」母が顔をそむけた。「おばあさんは作り話を語っているのよ」

「嘘じゃありませんよ」祖母が色をなす。「嘘をつく必要もないし、隠すことでもない。呉服屋さんが笑いながら、こう言いましたよ。生まれる子が、どちらか男か女だったら、私たちの手で結婚させませんかって。水天宮様の申し子だからって」

「私は申し子というわけ？」より江が祖母に確かめた。「で、呉服屋さんの方は？」

「さあ、それはわからない」祖母が首を横に振った。「それきりだもの。絹江は知っているかい？」

「知るもんですか」即座に否《いな》やをした。

「東京に行くことがあったら、調べてみようかな」より江が言った。

「店屋だから見つかるはず。私のいいなずけがどんな人か、興味あるなあ」

「だって男の子と決まっちゃいないよ」祖母が笑った。「女の子かも知れないじゃないか」

「それならそれで会ってみたい」より江が、うっとりとした目つきをした。

「よして下さいよ。人迷惑ですよ」

母がたしなめた。

「そうそう、岩田帯では、お前、大変なことがあったじゃないか」祖母が別の話を持ちだした。

「帯祝いをした、あれは翌日の出来事じゃなかったかい？」

「帯祝いって何？」より江が祖母を見た。

「妊婦が初めて岩田帯を着けた日に、赤飯でお祝いをするんだよ。水天宮様からいただいたお守りの晒をお腹に巻き、胎児を保護するのさ」

「帯祝いのずっとあとのことよ」母が訂正する。「おばあさんが松山に帰る前日」

「そうそう」祖母が思いだした、というように、左の掌を広げ、右の拳骨をそこに載せるように、音をさせないで打ちつけた。

「そのことがあって、あたしはお前が心配になり帰れなくなったんだっけ」

「何があったの？」とより江。

「お母さんに聞いた方が早い」祖母が言った。

「あたしも詳しく伺いたいよ。あの時はお前の話を聞いて目の前が真っ暗になってしまい、何が何だかわけがわからなくなったからね」

「おばあさんに注意されていたんだけど、一人で町中に出て歩いていたのよ」

母が語り始めた。

「岩田帯を締めたら安心してしまったの。何というか、きりりと鉢巻を締めたように、大抵の事があっても大丈夫、という気になったのね。人ごみの中を歩いていたら、お米屋さんの大八車が通ったの」

荷物を運搬する大きな二輪車で、二人か三人で引く。大人の八人分の威力がある、八人の仕事の代わりをする、という意味でその名がある。代八車とも書き、江戸時代初期から使われている。

絹江の歩く先にやや急な坂がある。絹江は坂の手前の小間物屋（化粧品などを売る店）に用があって来たのである。店に入ろうと立ち止まった時、「手はいらねえ。どいてくんな」と大八車を引っぱる若者の声がした。

登り坂の始まり口に、半裸の男が立っていて、車の後押しをしてやろう、と申し出たのである。好意の助けではなく、押し屋という商売なのだ。坂の上まで押して、何がしかの金をいただく。当時、東京の坂にはこの手の男が、何人か待ち受けていた。結構な実入りになるほど、大八車や荷車の往来が繁多であった、ということである。

押し屋を断った大八車は、掛け声と共に勢いをつけて坂を上がりだしたが、どういうはずみか、荷台の米俵の一つが、ごろんと地面に落ちた。急坂《きゅうはん》をはずみながら転がってきた。

小間物屋の横から十歳くらいの男児が、いきなり飛びだしてきた。男児は樽《たる》の箍《たが》（樽を締める輪）を用いての輪回しに夢中で、坂を転がってくる俵に気がつかない。坂を横切ろうとした。

「あぶない！」

絹江が大声を上げたが、遅かった。男児は俵になぎ倒された。俵は男児の持っていた輪が歯止めになって止まったが、運悪く片足の先が下敷きになった。輪回しの竹の輪が潰れて、網目がほつれた。薄く削《そ》いだ竹片《たけへん》が、刃物の役をなしたらしい。男児の俵に挟まれた足から、鮮血が流れだした。

たちまち男児の顔の前に、血だまりができた。それを見ると、火がついたように初めて泣き声を発した。

押し屋が駆けつけて、俵を持ち上げ、のけたが、男児は起き上がれない。

押し屋が抱き起こし、「血止めをくれえ」と呼ばわった。

絹江はとっさに押し屋に背を向けると、着物の前を広げ、岩田帯を急いで解いた。無我夢中だった。男児に駆け寄って、晒で傷を塞《ふさ》いだ。岩田帯を急場の包帯にした。

小間物屋の主人や使用人が、薬箱を持ってやってきた。誰かが医者を呼んだらしい。大八車の若い衆が、押し屋に土下座していた。

「おれに詫びるのは筋違いだ」押し屋が重い車の後ろを押すような手つきで、若い衆をとどめていた。

あたりが騒然とする中、絹江はそっと人だかりを抜けだした。着物の前を重ねあわせ、初めて羞恥を覚えた。

「男の子の親が小間物屋で絹江の住所を訊いて、お礼の品を持って訪ねてきたのだよ。それで絹江のしたことがわかった。ほめていいんだか、怒ったらいいのか。でも大事にならなくてよかった」祖母が言った。「無事に折枝が生まれたのだから。でも予定より早まったのは、このせいもあるだろうね」

「お母さん凄い」より江は母親を見直した。

年が改まった。

より江は十五歳になった。府立第三高等女学校を受験する。

漱石夫人から遅い年賀状が来た。

「岩田帯を締めました」と一言、添えてあった。

より江は、一瞬、目の前がまっ暗になった。

負けた、と思ったのである。

# 第四章　求婚

# 淑女双六

明治三十二年正月の鏡開き当日に、久保猪之吉《いのきち》から、より江あてに小包が届いた。開くと、落合直文《おちあいなおぶみ》著の国語辞典、『ことばの泉』第四巻であった。昨年暮れの二十五日発行日付になっている。

より江は実は母に頼んで、全巻（五冊）購入の予約をしてある。第四巻はまだ本屋が届けて来ていない。予約注文のことは久保に伝えてあるはずなのに、一体どうしたことだろう。

ところが翌日、またも久保から小包便が届いて、こちらには、双六《すごろく》と千代紙、それに竹細工の猪《いのしし》が入っていた。

「あらあ？　どこのみやげかしら？」

より江が手に取って眺めていると、祖母が、「気のきいた贈り物じゃないかね。今年の干支だよ」と言った。

「あっ、そうか」

気がつかなかった。受験勉強に夢中だったのである。

「猪の年かあ。あっ！」

より江はもっと大事なことを忘れていた。久保猪之吉の誕生日である。猪之吉は名前の通り、亥年《いどし》の生まれでなく、前年の暮れに生まれたのだ。亥年に誕生予定だったが、早く生まれてしまった。新しい名を考えるのも面倒と、あらかじめ用意していた猪之吉と命名されたという。

「誕生日のお祝いを贈るのを忘れちゃった」

より江は、べそをかいた。

十二月二十六日が猪之吉のバースデーだった。年末のあわただしさに、つい取り紛れてしまった。

「どうしよう。おばあちゃん。どうしたらいい」助けを求めた。

「風邪で寝込んでいた、と言いわけしたらいい」

「そんなこと言えないよ」

翌日、久保から手紙が来た。

「遅ればせながら、おめでとう。今年もよろしく」とあって、より江はいよいよ言葉に窮《きゅう》した。

新年の挨拶は欠かさなかったが、忘れずに必ずお祝いをしてやろうと待ち望んでいた、誕生日をころっと失念していたのである。

「竹細工は郷土玩具です。双六や千代紙と共に、浅草で求めました。妹を連れて観音さまに初詣出に行ったのです。それから、落合先生の『ことばの泉』四巻をご覧いただけましたか？」

あ、『ことばの泉』。別に、見なかった。

「一三七三頁の『め』の項と、一三八二頁の『も』の項、一四三四頁の『よ』の項をお読み下さい。ね、驚いたでしょう？」

何だろう？　より江は急いで該当ページを繰った。まず、「め」の項。このページは、「めづ」から始まっている。

「めづ。愛。おもひしたひて、いつくしむ。よしとおもひて愛す。かはゆがる……」

より江は、赤くなった。

思わず何度も読み直した。そのうち久保の指示はこの項目に限ったことでない、と気がついた。同じページの他の項目に、目を通した。そして、「あっ」と声が出た。

「めったむしやうに」「めったやたらに」「めっち」と、三語並んでいる。この三語は、より江が久保に書き送った言葉だ。

辞典に採用されたのである。いずれも祖母の発した語で、より江には耳新しく聞こえたので、とっさにメモしておいたもの、祖母の口癖だった。

このうち「めっち」は、祖母独特の言い方と思っていた。まさか採用されるとは。『ことばの泉』には、こうある。「燐寸。まっちにおなじ」

マッチのことである。

「おばあちゃんの言葉が、ほら見て、この本に載ってるよ。間違いでないんだ」

より江は祖母に示した。

「何が間違いなもんかね。昔から誰もが当たり前にしゃべっている言葉だものを」

「だってあたしの名を、おばあちゃんは、おりえって言うじゃない？　めっちも、そう言うのは、うちではおばあちゃん一人だもの」

「あんたたちが間違っているのさ」

「も」の項では、もっけのさいわい、「よ」の項では、よがなよっぴと、が採られていた。二つとも祖母の口癖である。

より江は舞い上がってしまった。その晩、それこそ「よがなよっぴと」、『ことばの泉』に読みふけった。よがなよっぴと、は「夜一夜。よどほし。よすがら。終夜」の意味で、「俗語」とある。

改めて辞書を熟読してわかったが、こんな面白い本はなかった。言葉の意味を理解すると、教科書の記述が魔法のように、すんなり頭に入ってきた。難問も次々に解けた。受験勉強がすばらしく捗《はかど》った。

より江は久保に礼状を書いた。ついでに、飽きないで学問を続けられるコツを聞いた。『ことばの泉』を読了したら、現在の魔法が消えてしまうのでないか、と心配したのである。

久保からすぐに返事が来た。どなたか受験仲間がいませんか、とあった。同じ目的の仲間がいると、はりきるし頑張れるものです。小生は熊本に旅行した二人の友が、それでした。和歌の方にも、ライバルがおります。一人だと、どうしても張り合いがなく、弱気になるものです。

より江は、ただちに手紙を書いた。

「仮りの受験仲間になって下さい」

久保から、おずおずとした調子の返事が届いた。

「僕、でよかったら」

より江は、猛然と奮起した。人が変わったように、勉強に打ち込んだ。一日三時間しか寝ない。頭が疲れると、『ことばの泉』の適当なページを開いて、音読した。

そうしながら、何か仲間の印がほしい、と思った。合言葉か、共通のおまじない。

久保も医学の予習復習で、徹夜はしょっちゅうらしい。

「私は午前一時頃になると、決まって猛烈な睡魔に襲われます。負けまいと歯を食いしばって踏んばるのですが、気がつくと、一時間ばかり敵の虜《とりこ》になっております。お願いがあります。この時間に、私に『喝』を入れていただけませんか？　私は目が覚めて、きっとシャキッとするはずです。

午前一時ちょうどがよろしいです」より江。

「承知しました。午前一時に、お互いに喝を入れあいましょう」猪之吉。

「よくよく考えましたら、夜中に大声を放つのは、家族はもちろん近所の者に怪しまれます。ですから午前一時を期して、お互いの名前を小声で呼びあうのは如何でしょう」より江。

「承知しました」猪之吉。


より江は時計を気にしながら、猪之吉にもらった双六に見入っている。「淑女双六《しゅくじょすごろく》」である。

この双六の「振り出し」は、女の赤ちゃんである。赤ちゃんが這い這いをするようになり、つかまり立ちをし、やがて七五三のお宮参り、おままごと遊び、嬉しい尋常小学一年生、楽しい遠足、ポチとの散歩、弟と水遊び、キノコ採り、雪合戦、正月の羽根つき、オコタに入って居眠り（ここで二回休み）、次は後ろ鉢巻姿で机に向かっている。壁に「必合格」の三文字。

これは私だ。より江はつぶやいて苦笑した。

その次の絵は、女学校の校門横に立って笑っている。ここは「二つ進む」である。次の絵は、挿花《いけばな》に余念のない娘。花嫁修業だろうか。そして次が「上がり」で、角隠《つのかく》しに金襴緞子《きんらんどんす》の花嫁姿。

つまり、振ったサイコロの目が、女学校に当たったら、「二つ」飛んで、めでたく「上がり」というわけだ。

より江は正月の遊び道具を持ってきた。サイコロを取りだして、双六の上で転がした。出た目の数だけ、駒を進める。何回か転がすうちに、駒が「女学校」の一つ手前まで来た。次に振ったサイの目が①か③なら、上がりである。

より江は、ドキドキした。目をつむって、祈った。どちらかの数が、どうぞ出ますように。

ふと、置時計を見た。一時に、一分前である。

あわてて、サイをこぼしてしまった。サイははずんで双六の端っこに飛び、かろうじて左上の隅で止まった。

花嫁さんの絵の所である。

より江は、思わず声が出た。

「猪之吉さんのお嫁さん！」

それから熱に浮かされたように、一人でしゃべりだした。

「私、猪之吉さんのお嫁さんになります。前々から、そう決めていました。猪之吉さんに手紙を書きながら、こんなに一人の男性に手紙を出すなんて、好きだからなんだ、好きだからいくらでも書けるんだ、そう思っておりました。猪之吉さんに辞典のお手伝いを頼まれて、それまで関心が無かった言葉の面白さを知りました。いろんな言葉をメモしながら、考えてみると、私、恋に関係ある言葉ばかり選んで、猪之吉さんに送っていたような気がする。

あからさまな言葉は恥ずかしいので、それとなく、恋を匂わせるような言葉をです。めったやたらも、そう。もっけのさいわいも、そう。よがなよっぴと、もそう。私にとっては、どれも恋の言葉なのです。めっち、も同じです。おばあちゃんの口癖には違いありませんが、めっちは火をつける道具、火は恋の火です。

こじつけかも知れませんね。いつからか、こじつけになってしまったのです。言葉のすべてが、猪之吉さんに関わるように、より江には思われてしまったのです。長いこと会わないでいる間に、より江の心の中の猪之吉さんが、この世に二人といない、すてきなすてきな殿方に、ぐんぐん育ってしまったのです」

より江は、置時計の文字盤に向かって、はっきり宣言した。

「猪之吉さん、愛しています」

女子師範附属高等女学校の受験に、より江は合格した。府立第三高女の開校が遅れているので、腕試しにこちらを受験したら、受かってしまった。

入学の手続きや、寄留先を決めるため、両親と上京した。差し当たっての住まいは、父の会社の東京事務所が用意してくれた。看護婦さんが五人もいる医院の一室である。

「こりゃいい。病気になっても安心だ」父が喜んだ。「女世帯なのも安全だし、賄《まかない》つきなのも願ってもない」

ただし、住み込みの看護婦や女中を増やす必要ができた時には、退去していただくという条件つきである。

その場合には少なくとも三カ月前に通知してほしい、と父が申し入れた。

「消毒薬のにおいは気にならないか？」

小声でより江に聞いた。

気にならない。むしろ、気に入った。

（これが私の求めていたにおいなんだ）

そう思った。心のどこかに、一生このにおいと自分はつきあっていくだろう、という予感があったのである。それがこのように東京に来たとたん、現実となったので驚いた。

より江が想定していたにおいのぬしは、むろん医学生の久保猪之吉である。

久保に合格の件は知らせたが、両親と上京したことは話してない。久保は春休みで、友人たちと旅行に出ているのである。

消毒薬のにおいをせいぜい身に染みつけ、久保を驚かせてやろう。より江はそんな魂胆を抱いている。

熊本ではやがて夏目夫人が、無事第一子を出産する。女のお子さんであった。

「安々と海鼠《なまこ》の如き子を生めり」漱石の句である。

# 求婚

熊本以来三年ぶりに、久保猪之吉と再会したより江の感激のほどは、改まって説明するまでもあるまい。

お互い、相手がめっきり大人っぽく成長しているのに驚いた。猪之吉の大きな目玉は、ますます大きくなり、瞠《みは》ると恐いようだった。

猪之吉の方では、より江のあどけなさは相変わらずだが、どうかしたはずみに、たとえば猪之吉の名を呼ぶ時など、一瞬はじらうような様子を見せられて、どぎまぎした。声も内緒話のように忍びやかになり、何ともなまめかしいのである。子どもっぽさと、娘らしさと、成熟した女が入りまじった、複雑な雰囲気を醸《かも》す。

むろん、より江は意識していない。無意識に「大人の肌」がのぞくから、猪之吉はギョッとして、目の玉が大きくなるわけである。

猪之吉は、より江と再会したその日に、より江を自宅に伴っていき、両親や妹に紹介した。自宅は東京帝大近くの白山《はくさん》で、薬師坂《やくしざか》の途中にあった。

より江は久保家の人たちに大歓迎された。

「皆さん、いいかたばかり」

辞去するより江を、止宿先の医院まで送ってくれる猪之吉に、道々、何度も繰り返した。

より江の住まいは女学校のある湯島《ゆしま》だから、久保家からは何ほどの距離でもない。偶然に近所同士になったのだが、より江は運命を感じた。

「私のことを、お母様は、お嫁さん、お嫁さんとおっしゃっていましたが、どうしてかしら？」

「たぶん、あなたの手紙ですよ」

猪之吉が、苦笑した。

「どうして？」

「三日に一通の割で届いたでしょう？　只事《ただごと》じゃないと思ったに違いありません」

「だって、辞書を作るための文通じゃありませんか。説明して下さらなかったのですか」

「説明はしました。だけど額面通り受け取ったかどうか」

「私、こまります。恥ずかしい」

「母はまじめです。決してあなたをからかっているのではない。第一、お嫁さんだと言ったのは僕なんです」

「えっ」とより江は立ち止まった。

「猪之吉さん」

「悪かったかな」より江を見つめた。

「僕の独り合点だったら、謝ります。より江さんは僕を好いて下さっていると思って」

「好きです」より江は赤くなった。

「僕も好きです」猪之吉が歩きだした。

人通りが多い。しかし、猪之吉は普通の世間話をするように、当たり前の声の調子で話した。

「毎日、午前一時に、あなたの名を呼んでいたら、あなたと僕は何か特別の関係のように思えてきたんです。最初のうちは、より江さん、と小さく呼びかけていました。一回か二回。そのうち何度も呼ぶようになりました」

「私も」より江は力を込めた。

「私も猪之吉さんと、何回も」

「僕はいつのまにか、呼び捨てにしていたんです」

めた。
「より江って」猪之吉が恥じらった。引き返し、より江の目をのぞきこむように見つ
「えっ」より江は立ち止まった。

「より江さん。僕のお嫁さんになってくれませんか」

「猪之吉さん」より江は硬直した。

「唐突すぎますか」猪之吉が、歩行をうながした。

「あなたが上京したら、まっ先にお話しするつもりでした。実は今日、両親の前で正式に申し込む気でいたのです。でも、いきなりは……。あなたが心の準備もできていないのに失礼だと、思い直しました」

長い竿竹《さおだけ》を三本ほど立てて運んできた、半纏《はんてん》姿の老人が、二人とすれ違ったとたん、「竿竹やあ、さーお、だけェ」と節をつけて呼び売りした。見かけよりも若々しい、張りのある声である。

老人に引き止められたように、猪之吉が足を止めた。より江も倣《なら》って、相手を見た。

「より江さん」真剣な声だった。

「僕、留学します」

より江は驚いて、声が出ない。

「いつ、ですの？」ようやく、出た。

「僕は来年、大学を卒業します。副手《ふくしゅ》として大学に残る予定です。お金を工面しなくてはなりませんから、留学は二、三年後になります。外国で学ぶとなると、四、五年は帰れません。日本にいる間に、妻帯したいのです。妻は、より江さんしか、いません」

「私」より江は、口ごもった。

「考えておいてくれませんか」

「さお、だけやー、さーおだけェ」老人の呼び声が遠のいた。

「はい」口ごもりながら、うなずいた。

「返事は早い方がいい。待つのは、つらい。ご両親に相談し、あなたの心が決まったら、すぐ教えて下さい。それから、大事な条件が一つあります」

「何でしょう？」

「他でもない。結婚式はあなたが女学校を卒業したら挙げましょう。それまではお互い学生として、学問に励みましょう。つまりそれまでは私たち、いいなずけの身です」

「わかりました」

二人は、より江の寄宿先の医院近くで別れた。院長夫妻に紹介すると、より江が引き止めたが、誤解されるといけないと、猪之吉が遠慮したのである。

「今夜も僕は忘れませんよ。必ず唱えます」

「何ですの？」

「午前一時ですよ」

猪之吉は、力を込めた。

「何度も声に出して、呼び捨てにします」


その日、より江は自室にこもるや、猪之吉あてに手紙を書いた。結婚承諾の手紙である。同棲するわけでないから、父母に打ち明ける必要はない。念のために、より江は、私にも一つだけ条件があります、とつけ加えた。

「結婚式を挙げるまでは、清い体でいたい。妻でなく、学生でいたい」

翌朝、速達で出したら、その日の夕方、猪之吉から返事が来た。やはり、速達便である。

「もちろんです。より江は僕の妹です。僕は妹を守る」

二人は一週間に一度の割合で、会った。大抵は、より江が久保家に赴《おもむ》き、家族と談笑した。久保と二人の時は、和歌を詠《よ》み、作品の感想を述べあった。猪之吉に勧められて、近頃より江は和歌に凝っている。

こんな歌を詠んだ。

「南国の　少女と生まれ　恋に生き　恋に死なむの　願ひ皆足る」

久保猪之吉の歌。

「見じといひて　はこにをさめし　恋人の　文《ふみ》なつかしく　なりにけるかな」

「どういうことですの？」より江が訊くと、苦笑しながら説明してくれた。

「歌の通りさ。あなたの手紙を読むと、勉強が手につかなくなるんだ。これではいけない、と箱に収めて、『開封厳禁』と自分を戒《いまし》めた。あなたからの便りは、何回熟読したかわからない。文章を暗唱できるくらいだ」

夏休みになった。より江は帰省を見送った。勉強に打ち込むつもりだった。猪之吉が大学図書館に通って集中的に猛勉し始めた。邪魔をしてはならない。夏季休暇中に、『源氏物語』全巻を通読する計画を立てた。

何の前触れもなしに、父が上京し、より江の部屋を訪れたのである。

「いや、お母さんが、より江の様子を見てきてほしい、と聞かないんだ。夢見が悪かったらしい。胸騒ぎがする、と言って、泣いてお父さんを急きたてるものだからね。ちょうど東京支社に用事があったものだから、ついでにこちらに寄ってみたんだ」

よくよく確かめると、母の不安は、夏目夫人の手紙でかきたてられたものらしい。より江が東京生活のあれこれを、夫人に書き送った中に、よけいなことを、ちらっと洩《も》らしてしまったのだ。

猪之吉の求愛である。内緒の婚約である。

軽率といえば軽率だが、より江にちょっぴり自慢する心が無かったとは言えない。つい、調子に乗って、例の、「恋に生き恋に死なむ」の一首を披露してしまったのだ。

夏目夫人が、どのように解釈したかは知らない。善意で、この南国の少女を心配したのだろう。無邪気な奔放ぶりが悲劇につながらないよう願って、手紙でより江の母に注意をうながしたらしい。

大げさに書かれていたのかも知れない。母は想像をふくらませ、気をもんだあげく、ノイローゼ状態になってしまった。

より江は猪之吉との仲を、これまでのいきさつをまじえ、正直に父に語った。語っただけでなく、猪之吉に連絡し、父と会ってもらった。猪之吉は父を大学に連れて行き、恩師に引き合わせ、かつ、その足で白山の自宅に伴い、家族を紹介した。

父は感激し、いっぺんに猪之吉を好きになってしまった。

「及ばずながら、私も留学の手助けをする。いや、是非協力させてほしい」

そう請《う》け合った父だったが、父の報告を聞いた母が、輪をかけて舞い上がってしまった。めでたい話を先延ばしすることはない。今すぐ挙式すべきだ、と強硬に主張した。

「でも私は学生よ。折角《せっかく》、女学校に入学したのだし、勉強したい。人妻の身で学校に通ったら、級友に笑われるわ。いやよ、そんなの」

より江の卒業まで待つ、といったんは納得した母だったが、晩秋に至って、夢のお告げがあった、などと途方も無いことを言いだした。自分の寿命がまもなく尽きる。より江の花嫁姿を見ないで逝くのはいやだ、今すぐ式を挙げてほしい、とだだをこねた。

一体、どうしたことだろう。ひとり娘と別れた寂しさが募って、変調を来したとも思われぬ。そうはいっても、華燭《かしょく》の典《てん》ともなれば、店屋物《てんやもの》を注文して間に合わせる、というわけにはいかない。

より江は昨年正月の、祖父の願いを思いだした。より江はにわかの花嫁姿に扮して写真を撮った。

そうだ、あの手がある。写真なら、大して費用はかからない。猪之吉さえ承知してくれれば、二人で写真館に足を運ぶだけですむ。

より江の提案に、母も渋々賛成してくれた。

冬休みになった。より江は東京で正月を過ごす、と母に書き送った。がっかりするだろうな、と気遣いながら書いたが、東京の雑煮の味を味わってみたい、という願望の方が強かった。

母から返事が来る前に、夏目夫人から便りがあった。これはまだうわさの段階ですが、もしかすると来年、主人はイギリス国に留学するかも知れません、とあった。

一瞬、より江は、夫人は私に張りあっている、という風に感じた。夫人の嫉妬のようなものを感じとったのである。

あと二日で亥年が終ろうという暮れ方、より江は父から緊急電報を受け取った。予想もしない文面の知らせであった。

久保猪之吉に「千代《ちよ》の祈」という一連の歌がある。

「吾《わが》白山の寓居《ぐうきょ》を常におとづれ玉ふ君あり母君病篤《あつ》しとの報をえて帰国し玉はむとす
君が身も母のいのちもつゝが無く守らせ玉へ天地《あめつち》の神

午前六時新橋《しんばし》の残燈ほのぐらくして霜白し
君が行路は山海漫々たる伊予の松山
君が齢《よわい》は未だ二八に満たざりき（十六歳にならない）
朝霜の身にしみとほる別《わかれ》かなさきくいませを餞《はなむけ》にして」

さきくいませ、は無事で、元気でという意味である。

## 楠緒子

年が改まって程なく、より江の母が死んだ。

「二百余里とびてゆくべき羽もあらず君が文《ふみ》をば抱《いだ》きてぞ泣く」

東京の久保猪之吉から、弔慰状が来た。

「母君の今はのときのみ詞《ことば》に何とありしぞ我に聞かせよ」

猪之吉の名を何度も口に上せて逝った、とより江は返事を書いた。

「亡き人の心の内に刻まれて吾名《わが》もあらすうれしからまし」

「文机《ふづくえ》に香を供へてよもすがら吾《われ》もみやこにたゞ泣きて在り」（久保猪之吉「千代の祈」より）

母の葬儀をすませたとたん、祖母のセンが寝込んでしまった。

「おじいさんと絹江が呼んでいるんだよ」

祖母はめっきり気弱になっていた。

「ばかなこと言わないで。疲れがたまったんだよ」

より江は、今度は祖母の看病で、東京に戻るどころではない。

父は会社に事情を話し、五木《いつき》鉱山から戻れるようにしてもらった。それにしても事務の引継ぎなどで、一度は五木に行かねばならない。

「大丈夫。あたしがおばあちゃんの面倒を見るから。任せておいて」より江は父を励ました。

「頼りにしてますぜ」おどけた口調で言い、「本当に、いつのまに、こんなに頼り甲斐のある娘になったろう」まじめな顔でより江を見た。

「結婚すると、こうも変わるものかねえ」

「からかわないで」ツン、とした。

「ああ、そんなところは、やっぱり年相応のより江だ」父が笑った。

「安心した。いっぺんに変わられたら、とまどってしまうよ。少しずつ変わってほしい」

父が熊本に立った日、祖母が思いだしたように、「正月にお餅を食べなかったねえ」と言いだした。

餅どころでは、なかったのである。

「食べようか、おばあちゃん。何の餅がいい？」

「売っているかねえ、今頃。焼きざましの、固いのがいいんだけど」

「そうね。柔らかい餅はのどに詰まるから、焼きざましがいいわね。お醤油に浸したやつ。すぐ用意する。待っててね」

女中のおまつに使いを頼もうと台所に行くと、おまつが流しの前に放心したように座っていた。より江を見ると、泣きだした。

「お嬢さん、ご隠居さまは、もしやお隠《かく》れなさるんじゃありませんか？」

「何を突拍子もない。元気を回復したよ。お餅を食べたいとせがんだもの」

「それが不吉なんですよ」

「さあさあ、すぐに仕度をしてちょうだい」

おまつの背を押しながら、父は今どの辺まで行ったろうか、とふと、全く祖母と関係のないことを思いだしていた。

焼き餅を母の霊前に供え、さめて固まるのを待つ間、より江と祖母は母の思い出を語りあった。そして翌朝、より江がいつものように目をさました時、傍《かたわ》らの祖母が眠ったまま息を引き取っていたのである。

それからが戦場のような騒ぎであった。父を電報で呼び返す。父が帰るまでの間、葬儀の手配をより江が果たした。母での体験があったから、泡を食うことはなかった。父は見るもやつれた心身で帰宅した。無理もない、四国の松山と、熊本県の山奥をトンボ返りしたのである。家に行き着いて休む間もない。葬送の喪主を務めねばならぬ。

野辺《のべ》の送りがすんで、会葬者を自宅に招き精進落《しょうじん》としをした。仕出し料理を頼み、より江は父と手分けして、客の一人一人に礼を述べ酒の酌をして回った。客の顔ぶれは、母の時とほとんど変わらない。

離れ家で正岡子規《まさおかしき》が句会を開いていた時、集まっていた句友《くゆう》の面々が、祖母に世話になったと、固まって焼香に来てくれた。彼らが唯一の祖母ゆかりの人たちである。より江が離れ家に案内し、彼らだけでお斎《とき》をしてもらった。より江の小学校時代の校長や、新聞記者、活版所の人、呉服店の旦那など、多種多様な職業人たち十人ほどで、より江は助っ人の近所のおばさんと二人で応対した。父は母屋《おもや》で会社の者たちを相手にしている。

「あれ？　あなた、より女《じょ》さん？」

より江が銚子を差し出すと、隣の仲間と談笑していた一人が、盃《さかずき》を取り上げながら目を剝《む》いた。より女は、正岡子規が命名してくれた俳号である。

「いやあ、見違えてしまった。大人になったねえ」

かつてより江が飼っていた迷い猫を、これは珍しい福猫だ、と指摘した、江戸弁を遣う市役所の人である。祖母が邦楽のわかる粋人《すいじん》、と尊敬していた。夏目センセと馬が合い、二人はしょっちゅう駄洒落の飛ばしっこをしていた。どうやら東京で見知りらしい。

より江が二順目のお酌に回った時、酒は強くないらしく、ひどく酔っ払い、より江を放さない。東京の女学校に行っていると聞くと、卒業したら僕が嫁入り先を斡旋《あっせん》する、と満更お愛想でもない口ぶりである。

より江が笑いながら受け流すと、「いや、僕はまじめだよ。僕がキューピッドになると、大抵うまくいく。夏目君の細君もその口だ」

「センセが？」より江は相手を見た。

「そうだった、あなたはセンセと呼んでいたっけねえ。センセには違いない。彼がどうして東京からここ松山の中学校に来たのか、知ってる？　自ら都落ちを志願した理由さ」

「いいえ」より江は、かぶりを横に振った。

「知らざあ言って、聞かせやしょう」歌舞伎の声色《こわいろ》を使った。

「失恋さ。それが、本音」

おいおい、と隣の仲間が、袖《そで》を引いた。

「失礼だよ。酔い乱れる席じゃないぜ」

「構いません」より江が酒を注《つ》いだ。

「おばあちゃんは陽気な場が大好きでした。子規さんの、和気藹々《あいあい》とした句会を喜んでいました」

「そうだよね」江戸弁が、うなずいた。

「だから遅くまで騒いでいても、苦情ひとつ言われなかった。僕はよくここに泊めてもらったよ」

「どんな恋をなさったんですか」より江が、うながした。「センセは？」

「大学生の時だよ。いや、卒業の年だったかな。裁判長の婿《むこ》さん候補に選ばれたんだ」

「あっ！」より江が身を反らせた。

「その話、知ってます。おばあちゃんに聞いた」

祖母が松山裁判所の夫人から頼まれた、センセの縁談である。

「違う、違う」江戸弁が大きく手を振った。

「こちらはね、裁判長の一人娘。評判の才媛《さいえん》」

大塚楠緒子《くすおこ》、という。

明治八年に東京麹町《こうじまち》区一番町に生まれた。父は土佐藩士で、鹿児島裁判所長から、名古屋、宮城、東京の控訴院（現在の高等裁判所に当たる）長を歴任、楠緒子（戸籍名は久寿雄《くすお》）は、より江が通っている女子師範附属高等女学校を、首席で卒業した。とびきり美人の、十七歳。当時、東大生で知らぬ者がなかったという。父親は東京帝大法科の卒業生を婿養子に望んだ。しかし楠緒子は佐佐木信綱《のぶつな》に和歌を学ぶ文学愛好家だったから、法学士でなく文学士を願った。優秀な文学士二人が、候補に選ばれた。

小屋《こや》保治《やすじ》と夏目金之助《きんのすけ》である。

二人は帝大寄宿舎で、一時、同室で過ごした。仲よく散歩したり、勉強で徹夜したりした。

楠緒子との縁談は、どのように進められたものか、詳細はわからぬ。二人は個別に楠緒子と引きあわされる手筈だったのかも知れない。とにかく明治二十九年の夏休みに、小屋は夏目に、明日から興津《おきつ》の清見寺《せいけんじ》に避暑に行く、と言った。新しい旅行カバンを見せて、夏目をうらやましがらせた。夏目は就職活動のため、どこにも出かけられなかった。

数日後、帰ってきた小屋は、すごい美人と会い、先方に気に入られた、と自慢話をした。夏目はくやしがった、というから、自分が婿養子の候補に挙げられていたとは、知らなかったのだろう。

翌々年の三月、小屋は楠緒子と結婚し、大塚家に入籍した。夏目は菅虎雄《すがとらお》や狩野亨吉《かのうこうきち》ら八人の学友と披露宴に招かれ、兄に借りた紋付羽織袴の正装で出席している。

四月、あわただしく松山の愛媛県尋常中学校（松山中学）に赴任した。より江の祖父母宅に、下宿した。

夏目漱石の代表作の一つに、長編『こころ』がある。医者の養家から経済援助を止められて窮《きゅう》している親友をみかねて、小説の主人公は自分の下宿に友を呼び、一緒に住む。

やがて友から、下宿の一人娘に恋をしていると告白される。主人公は先を越されると思い、娘の親に直接結婚を申し入れる。出しぬかれた友は絶望し、自殺する。主人公は罪深さにおののきながら結婚生活を送るのだが、明治天皇の葬儀の夜、天皇に殉死した乃木《のぎ》将軍夫妻の心情に衝撃を受け、明治の時代は滅びたと遺書を残し自殺する。

大正三年に発表された小説だが、親友同士が下宿の娘を張り合う設定は、大塚楠緒子の例を頭に置いて描いたのではないか、と言われている。

楠緒子は結婚後、五人の子を生み、家事をこなす傍ら、小説や詩を書いた。人気作家になった漱石は、彼女の作品を新聞に紹介したり、単行本出版に尽力している。読後感を手紙につづって、激励している。「今迄ノウチデ一番ヨカッタ」など、恋文にも似た、意味ありげに一行だけカタカナ書きの書簡を寄せている。

明治四十三年十一月、楠緒子は三十五歳の若さで病死した。漱石は病床で、訃《ふ》を聞き、手向《たむ》けの句を詠んでいる。

「有る程の菊抛《な》げ入れよ棺《かん》の中」

楠緒子の作品で有名なのは、与謝野晶子《よさのあきこ》の「君死にたまふことなかれ」と共に、反戦詩の秀作と言われる「お百度詣《もうで》」である。神仏に百回祈願をすることをいう。

「ひとあし踏みて夫《つま》思ひ／ふたあし国を思へども／三足ふたたび夫おもふ／女心に咎《とが》ありや」以下、略。

楠緒子と漱石には、奇妙にも同題の小説がある。『虞美人草《ぐびじんそう》』である。発表は楠緒子が、一年早い。漱石は彼女の小説をほとんど読んでいるから、知っていて使ったものと思われる。

片づけごとに追われながら、より江はいろいろ考えた末、決断して父に告げた。

「学校をやめる？　どうして」

「勉強はいつでもできます。それに今の学校は、私には合わない気がします」

　本当の理由は、父の身の回りの世話をする者がいないことだった。

「久保君はどうする？　妻と夫が、松山と東京で、別々に暮らすというのか」

「私たちまだ名目上の夫婦です。それにこれは久保も承知のことなの」

「いつ、こんな大事なことを、二人で話しあったのだい？」

「おばあちゃんを介護している時、久保に相談したの。学校をやめるのは反対されたけど」

「お父さんも反対だな。ま、学校にはとりあえず休学届を出しておき。お父さんが事由《じゆう》書を添えるから。せっかちに結論を出さない方がいい。じっくり考えてみよう」

　考える間も、なかった。

　父が突然、倒れたのである。脳溢血《のういっけつ》だった。過労や心労が重なり過ぎたのである。症状は重く、半身が不随になった。

　より江は、退学した。祖父の知るべや、父の同僚、正岡子規の句友たちの助けで、離れ家と改造した母屋の一部を、子どものいない夫婦ふた組に限定して貸し出した。生活費と父の療養費を稼がなければならない。

より江はこれらの出来事を手紙につづって、毎日のように猪之吉に報告した。会っているよりも、はるかに親密なような気がする。体の結びつきが無いだけで、所帯じみた話題といい、二人は全く夫婦に違いなかった。

# 初夜

夏目センセの奥様から、より江に手紙が来た。文部省第一回給費留学生に、センセが正式に選ばれ、九月にイギリスに赴くという。そのため七月の上旬に、熊本の住まいを引き払って、東京の夫人の実家に落ち着く予定とあった。

より江は女学校を退学し、父の介護にあけくれている現状を報告した。いずれ夫の久保猪之吉も欧州に留学します、とつけ加えた。よけいなことだったが、ひと言、言ってみたかったのである。

その久保から近況を記した長い便りが届いた。

寺田《てらだ》寅彦《とらひこ》と久しぶりに再会したこと。寅彦は明治三十二年七月に熊本五高を卒業すると、東京帝国大学理科大学に入学、優等生のためたった一年で卒業し、大学院に進んだ。実験物理学を専攻した。妻帯し、本郷西片町《ほんごうにしかた》に居住しているとのことだった。センセの紹介で、正岡子規を訪ねたよし。久保も誘われたが、都合が悪くて同道できなかった。寅彦からは熱心に俳諧を勧められている。

「寺田君は僕より五歳も年下なのに、三年前に結婚しているのです。もっとも奥さんは病気療養で故郷の高知にいて、別居結婚の形になったようですが、僕たちのことを話したら、結婚は急ぐことはない、と慰められました。寺田夫人は女学生のような、ういういしい人です。空豆ご飯をご馳走になりました。新婚家庭の客の身は、おままごとの客のようで、照れくさい。お父上を大切に。また、書きます」

「いとしのより江。あなたは僕のエンジェルです。より江エンジェル」と結ばれていた。

エンジェル、と呼ばれたのは、初めてであった。より江は、涙ぐんだ。

父は身体が不自由になったため勤めをやめざるを得なかったが、退職して三カ月ほどたった頃、所長が会社と契約を結んでいる診療所医を連れて見舞いに訪れた。一時間ほど何やら込み入った話しあいをしていたが、二人が辞去すると、父がより江を寝間に呼んだ。

相談がある、と言った。

「お父さんが今まで関わっていた熊本の山奥の鉱山が、いよいよ本格的に採掘する運びになった。ついてはお父さんに手伝ってほしいと言うのだ。嘱託《しょくたく》の形で、事務をね」

「無理です」言下に、はねつけた。

「その体で、いくら何でも無理です。話を持ってくる方が、ひどいじゃありませんか」

「いや、現地に行けというんじゃない。より江も暮らしていた東予《とうよ》の社宅。あそこで養生するのだ。事務所の隣に診療所がある。お父さんはそこで事務の指図をするだけ。しかも、夏の一カ月だけだ。寝ながら指揮をとる。お父さんは体は動かないが、頭は何ともない。所長はもったいない、ともったいながる。お父さんも人のお役に立ちたい。診療所長も事務能力には、太鼓判を捺《お》してくれた。より江の負担も減る。一挙三得だ。どうだろう？」

父が床でいらついているのは、知っていた。働けない歯がゆさと、出費ばかりかさむ日々に、心労が増していたのだろう。

「だけど」より江は、口ごもった。

実は離れ家を借りている夫婦が、先日、突然、引っ越す事情ができた。転勤である。これは止めることができない。この節、容易にあと釜が見つからない。家賃が一つ無くなるのである。より江はどのように穴埋めすべきか、頭を悩ませていた。だから父が手当を確保してくれるのは、こんなありがたい話はない。

「より江」父が口調を改めた。

「これは、まじめな質問だ。お前もまじめに答えてほしい」

「なに、お父さん？」

「お前たちは夫婦の交わりをしたことはないのか？」

「いやなお父さん」より江は顔をそむけた。

「ないわよ。正式の夫婦じゃないもの」

「入籍した、しないは、事務上のことだ。久保君はお前に要求したことはないのか？」

「そんな人じゃありません」

「そうかも知れん。いや、お父さんも久保君が自制のない男とは思わない。だけど、だからといってこのままでいいのだろうか。お父さんは、いけないと思う」

「……」

「世間通りの夫婦であってほしい。まもなく久保君は夏休みだろう。夏休みをここで過ごしてほしい。勉強はどこでもできる。お父さんは夏の間、鉱山の社宅住まいをする。診療所長や会社の人が面倒を見てくれる。お前たちは心置きなく、ここで正真の夫婦生活を送ってほしい。お父さんの、たってのお願いだ」

「お父さんから所長さんに頼んだのね」

「お前のしあわせを考えてのことだ。お前から久保君に手紙を書け。久保君も、きっと喜んで松山に来てくれるだろう。いいね？」

より江が返事をためらっていると、強く念押しした。

「今から速達を出せ。旅費を送ってやれ。ここに所長からいただいた見舞い金がある。わかったね？」

より江は、うなずいた。

「安心した。死んだお母さんも喜んでいるだろう。お父さんの頼みというより、お母さんの遺志だ。お母さんが生きていたら、きっとこのようにしたはずだ」父の声が、涙声になった。

より江は、これだけは父に黙っていた。

あれは昨年の暮れのことだった。平日の午後、久保の家に遊びに行った。学校は冬休みに入っていた。止宿《ししゅく》している医院で早朝から餅つきがあり、手伝ったより江は、つきたての黄粉《きなこ》餅とのし餅をちょうだいした。正月を久保家で迎える予定だったので、そっくり久保への手みやげに持参した。

久保の母や弟妹たちが、年の市に出かけるところだった。猪之吉が留守番役だった。より江も市に誘われたが、猪之吉一人で気の毒なので残ることにした。

「僕に構わず出かけたらよかったのに。市の帰りに、御膳汁粉《ごぜんじるこ》を食べる予定らしいよ」

「こちらには、これがあります」と手にした重箱を掲げて見せた。

「お餅か。汁粉より、こっちの方が豪儀《ごうぎ》だ」

「お茶を入れます」

猪之吉の部屋で向かいあって、いろいろ語りあった。

いつもは家族の誰かが居るのだが、今日は皆出払っている。年の市で正月用品を購入したあと、夕食をすませてくる予定だった。より江と猪之吉は、餅を食事代わりにした。

腹がくちくなると、話も尽きた。

どうかすると、二人に沈黙が訪れた。猪之吉の書斎の柱時計の時を刻む音が、いやに高く聞こえるのである。

より江が時計の文字盤から視線を戻すと、目の前の猪之吉の上体が急に迫ってきたように感じた。本能的に、より江は身を反らせた。猪之吉の大きな目玉が、いよいよ大きくなった。

より江は息苦しくなった。何か言わねば、と言葉を探していた。黙っていると、爆発してしまいそうだった。

「時計、止められませんか？」

えっ、と猪之吉が、体を引いた。大きな目玉が、あと戻りした。

「時計を止めるって?」

「ええ」とうなずいたが、自分の言っていることが突拍子もないことだと気がついた。

「変なこと言っちゃった。あたし」思わず舌が出た。

「時間を止めるなんて」

「止めてと言われても、どうしてよいものかわからないよ」猪之吉が苦笑した。

「変よね?」

「変だよ」

二人は、顔を見合わせた。猪之吉が真剣な表情になった。何かを思い詰めたような表情だった。それまでより江が見たこともない。目玉がぐんぐん大きくなった。その目玉が、ぐっと迫ってきた。

より江は目玉をいなすように、顔をひょいと傾けた。そんな自分のしぐさが何か可笑しくて、口いっぱいの豆を吹き飛ばすように、笑いだした。あっははは、と大声で笑いだした。止まらなくなった。より江は身をよじって、笑い続けた。

猪之吉が照れくさそうに、右の掌《てのひら》でおのれの顔を、つるりと撫でた。その格好がこっけいで、より江はますます笑いころげた。

あの時の猪之吉が、男の状態だったのかも知れない。それはより江にもわかった。でも、より江には男を迎え入れる準備がなかった。不意だったから、無理もない。今度は万端ととのえて、待つ。

より江は猪之吉に速達を発した。すぐに返事が来た。葉書に、たった一行。「行く。いとしのより江ンジェル。いのきち」とあった。

松山で新婚を迎えた。離れ家が、スイート・ホームである。

父は猪之吉と挨拶を交わすと、会社の迎えの車でさっさと社宅に移ってしまった。荷物は当座の着替えのみである。出張が多かったから、慣れたものである。

女中のおまつが、今晩の献立を伺った。

「私が料理するわ」より江が、はりきった。

「猪之吉さん、何を召しあがる？　お望みに応えるわ。遠慮なく、何でも命じて」

「素麺《そうめん》がいいな」即答した。

より江は、ずっこけた。

「だめよ。ご馳走でなくっちゃ」

「旅疲れしているから、あっさりした物がいいんだけどな」

「今夜はお祝いですからねえ」おまつが気の毒がった。

「いつぞや手紙に書いてあったじゃないか。伊予節《いよぶし》にも歌われているという素麺。僕は愉しみにしていたんだけどな」

「五色《ごしき》素麺ね」

「そうそう。是非、味わってみたい」

「わかりました」より江は気持ちを切り替えた。「腕によりをかけて、素麺を茹でます」

「バンザイ」猪之吉が、バンザイした。

二人、差し向かいで、素麺をするのである。

「本当に、五色なんだね」猪之吉が感心した。

「僕は土地の名称かと思っていた。ええと、白色と桃色、この桃色は何で色付けしたのだろう?」

「梅肉よ。この黄色が鶏卵」

「茶色は?」

「蕎麦粉《そばこ》じゃないかしら」

「なるほど。この鮮やかな緑色は? わかった、抹茶だね?」

「そのようね」

「おいしい」猪之吉が舌鼓《したつづみ》を打った。

「シコシコと歯ざわりがよい。味もよく、見た目にも美しく豪華じゃないか。お祝いにふさわしい色どりだよ」

ふふ、とより江は含み笑いをもらした。

「熊本城でも食べたね」猪之吉が言った。「初めて会った日。あれは何素麺だったろう？」

その夜、二人は初めて枕を並べて寝た。

「びっくりなさらないでね」より江が言った。

「なに？」

「こんなに早く床に入るのは、何年ぶりかなの」

「僕も、そうだ」

「きっと午前一時近くになると目がさめてしまうわ。習慣で」

「ああ、例の？」猪之吉が微笑した。

「僕も、そうだ」

「名前を呼んでしまうわ」

「僕だって」

「びっくりしないでね」

猪之吉が、ふっ、と黙った。突然、起き上がった。布団の上に、正座した。

「より江。聞いてほしいことがある」と真剣な声音《こわね》で言った。

ただならぬ気配に、より江は驚いて体を起こした。猪之吉の目を見つめた。

# 葛　藤

「つまり……緊張しすぎて」猪之吉が、うなだれた。次の言葉を探している風だったが、「ごめん」頭を下げた。

より江は一瞬にして、覚《さと》った。

「いいんです」明るく笑い飛ばした。

「急がなくとも。私は、逃げませんもの」

猪之吉が苦笑した。

「さっきまではりきっていたんだ。どうしてこんなぶざまなことになったのか、自分でもわからない。より江が気を悪くしないかと、心配で心配で。ああ、ホッとした」

「疲れているんですよ。今夜は何もしないで眠りましょう。何でもないことですよ」

「ひと寝入りすれば、元気になると思う」

「気になさらない方がよろしいですよ。忘れましょ。私はもう忘れました」

ところが、翌日の夜も、同じだった。

猪之吉は深刻に悩んでしまった。

「僕は、変だ。もう、だめだ」

抱いたより江を、突き放すようにした。

「あせらないで」より江は慰《なぐさ》めた。

「落ち着けば、大丈夫ですよ」

「僕は男性失格だ」猪之吉は上の空だった。

「より江が好きで好きで仕方がないのに、体が言うことを聞かない」

より江は黙って猪之吉を撫でさすった。そして、母親が赤ん坊をあやすように、猪之吉をそっと抱き締めた。

「一時のことですよ」耳元で、ささやいた。

「きっと、回復します。待ちます。いつまでだって、待ちます」

「僕は怖いんだ」猪之吉が半泣きの声で呟いた。

「より江は僕には天使なんだ。だから、汚すのが怖いんだ。いつまでも僕のエンジェルでいてほしいんだ」

「ほしくなったら、おっしゃって下さい。私は、平気」

「軽蔑しない？」

「とんでもない」より江が猪之吉を見た。「どうしてこんなことで軽蔑するの？　何でもないことじゃありませんか。私は我慢できます。時を待ちましょう。それより妙にこだわらない方がよろしゅうございます」

「僕は」猪之吉が告白した。「人一倍、性欲の強い男でね。それを人に知られるのが恥ずかしくて、人前では人一倍、淡泊な男に装っていた。むろん、より江にも」

「私には明かして下さってもよろしかったのに」より江はうっすらと笑った。

「より江に知られるのが怖かった。誰よりも、あなたには知られたくなかった。結婚すればわかることなのに」

「その思いが、せめぎあっていたのね、きっと」

「僕は、変なんだよね」ようやく気持ちがなごんできたか、猪之吉の口調が砕けた。

「より江を抱きたいと、絶えず考えている一方で、僕の天使を汚したくないと抑えている。ひとたびより江を抱いたなら、より江の魅力に溺れて自分がだめになってしまう。そう考えてね。きっと僕のような性格は、一気に堕落する。勉強なぞ、手につかなくなるに違いない。留学どころの話じゃない。松山に来るまで、その葛藤だった」

「猪之吉さんの気持ちが安定するまで、この問題に触れないで過ごしましょう」より江は提案した。

「東予のお父さんが、心配しないかな」

「打ち明けなければ、わかりませんもの」

より江が微笑した。

「二人だけの秘密ですよ」

「ああ。ずいぶん気が軽くなった」猪之吉が、より江を抱き寄せた。

「こんなこと、誰にも相談できないもの」

「夫婦だけの問題ですものね」

「より江が、神々《こうごう》しくすぎるんだ」

「一緒に生活していれば、私が当たり前の女だと納得するでしょう。せっかちにならないで参りましょう」

気分転換に、ある日、二人は道後《どうご》温泉に出かけた。ちょいとした新婚旅行だった。温泉に一泊したが、賑やかすぎて寝つかれなかった。猪之吉はいらだちながら、松山に戻った。

「僕は留学をよそうと思う」

思い詰めた顔で言いだした。

「より江に未練があって、とても三年間も外国で一人で勉強するのは無理だ」

より江がまじめな顔で、猪之吉を凝視した。

「猪之吉さんって、案外いくじなしですね」

　突き放すように言った。「私、いじいじした人って大嫌い」

「僕だってこんな自分が嫌だ。どうしてよいのか、自分でわからなくなる」

「まぐわい、まぐわい（男女の交わり）なんて、どうせ大したことじゃありませんよ。しょせん、まぐわいです。留学は人生を左右する事業です。まぐわい如きで悩んでいたら、そこで人生失敗したも同然です。猪之吉さんは、もっと大きな人だと思っていました。見損ないました」

　しゃべっているうちに、より江はポロポロと涙を転がした。

「ごめんよ」猪之吉が謝った。「自分があまりに不甲斐なくて、情けなくて。道後でも、隠れて身もだえしていたくらいだから」

　より江は、わっ、と泣きだした。

　猪之吉が、おろおろする。その姿がより江には、ますます情けない。猪之吉はなすすべなく、ただより江の背を黙って撫でている。

　ひとしきり泣くと、ピタリ、とやめた。

「わっ！」と大声を発して、顔を上げた。そして、猪之吉に、ニコリ、と笑顔を作った。

「ああ、びっくりした」猪之吉が、びくついた。

「うそ泣きよ」高笑いした。「ごめんなさい」急に真剣な表情になった。

「ね、こうしましょう。猪之吉さんが洋行する直前に、私たち結婚式を挙げましょう。それまでは許嫁《いいなずけ》の仲でいましょう。そのようにお互い割り切った方が、蟠《わだかま》りが無く、苦しまないですむと思います。なまじ結婚など考えたから、よけいな観念に囚《とら》われたんだわ」

「世間が不自然に思わないだろうか」

「それよ。それが結婚の観念よ。世間がどう見ようと、私たちが信頼しあっていれば、構うことないじゃありませんか」

「僕はより江を裏切らない。それは信じてほしい」

「猪之吉さんは勉強に専念して。私は猪之吉さんの負担にならないよう努めます」

より江は猪之吉に握手を求めた。猪之吉が遠慮げに右手を伸べた。より江はそれを両の掌で包んだ。

「僕は」猪之吉が鼻を詰まらせた。

「変態じゃなかろうか」

「結構じゃありませんか」猪之吉の右手を強く揺さぶった。

「私が好きなのだから。さあ、もう二度と愚痴《ぐち》らないで。そんな言葉は、封印、封印」

八月も後半になった。東予の父から明日帰る、と連絡があった。父の好物の野菜天ぷらやジャコ天を揚げて待った。父は社員に付き添われて元気に帰宅した。挨拶を交わすなり、猪之吉にいつ東京に立つかと聞いた。

「より江も一緒に連れて行っておくれ」と頼んだ。

「でもお父さん」より江が口を挟んだ。

父が遮《さえぎ》った。

「実は会社が再雇用してくれることになった。事務所でなく、ここで働いていいと言う。自宅でこなせる事務の仕事だ。給料も、もちろん出る。会社に出向く必要はない。こんなありがたい話はない。家事は従来通り、おまつに頼む。より江の居場所は東京の猪之吉君のところしか無い」

父が二人の顔を見比べながら、晴々と哄笑《こうしょう》した。

「よかった。しあわせそうな若夫婦の様子を見て、安心したよ」

二人は、恥ずかしそうに首をすくめた。

「それで、今後の新生活の方途は決まったかい？」と猪之吉に質《ただ》した。

「ええ」とあいまいにうなずくと、すぐにより江が引き取った。

「大ざっぱですが、当分はこれまでのように別居生活をします」

「所帯を張らない？　どうして？」

「留学費用を作らなくちゃならないからです。所帯を持つと金がかかります。私はお世話になった医院に、住み込みで雇ってもらうつもりです。事務の仕事なら、私にもできます。院長からそんな話も以前あったのです」

「猪之吉君も納得ずくなのかね？」

猪之吉が、こっくり、をした。

「君がそれでいいと言うなら、私には異存はない。夫婦のことは、夫婦で決めることだ。しかし一応猪之吉君のご両親やご弟妹には、了承を取った方がいい。親の面目というものがある。娘の親の私としては、娘に働いてほしくない。でも稼ぐことは、内助の功の最たるものだろうしね」

「お父さん」猪之吉が身を乗り出した。より江はあわてて押し止めた。

「何だね？」父がけげんである。

「いいんです」より江が、つくろった。

「この人、私が働くのは反対なんです。でも私は働きたい。私は自分が留学する気持ちなんです。お金を溜めたい。妻だから、当然でしょ？」

父が、うなずいた。

「猪之吉さん、私も及ばずながら助太刀する。この体で収入がある。食い扶持が余る。あなたには義父だから遠慮することはない。ただし、猪之吉さんのご両親には内緒にしてほしい。さきほども言った面目に関わる。より江のほまちということでどうだろう」

へそくり、という意味である。

猪之吉が拝むような手つきをして、感泣した。

八月のどん詰まりに、より江たちは上京した。猪之吉の家にいったん落ち着き、家族に生活設計を説明、納得してもらうと、より江は自分のもくろみ通り、医院で働きだした。将来、ドクター猪之吉の助手が務められるよう、予行演習のつもりだった。

看護婦と違い、事務員は夕刻には自由の身になる。より江は自室にこもって勉強をした。猪之吉の洋行の留守を考えてのことだ。学生の身分なら猪之吉も安心するだろう。猪之吉の恩師に保証人をお願いするつもりだった。再来年に府立第三高等女学校が開校する。本決まりになった。より江はここの第一回卒業生になるのが、夢だった。夢を実現させるべく、勉強に熱中した。

夏目夫人には、上京直後に近況だよりを差し上げた。夫人からも丁重な返事をいただいている。一度遊びにいらっしゃい、とあったが、センセの英国留学を控え、何かとあわただしそうで、是非お伺いしますとは書いたが、二の足を踏んでいた。

おまけに夫人は第二子を身ごもっていて（手紙には五カ月とあった）、二歳の長女の世話に追われている様子だった。その上、夫人の母堂が病床についているらしい。迷惑を売りに行くようなものである。

ところが夏目センセから、速達葉書が来た。

「九月八日早朝に新橋を立つ。異国に向かう。よりさんの結婚祝いをする。七日夕刻おいでを乞う。スッポカシテハ、ナラヌヨ　夏目金之助」

あわてて暦を見る。明日が七日だ。より江は閉院すると、すぐさま日本橋に駆けつけた。佃煮の「鮒佐《ふなさ》」で、鮒の雀焼きをひと折誂《あつら》えた。軽くて日持ちがするので、旅のお供に邪魔にならぬだろう、と考えたのである。ついでに山本海苔店で、この店が考案した味付海苔を求めた。院長に明日の臨時休暇を願った。

久しぶりの面会だった。積もる話が、いっぱいある。わくわくしながら眠ったが、翌朝、とんでもないことになっていた。

# 元服

より江が夏目夫人をお訪ねしたのは、十月の半ば過ぎである。

イギリスに留学するセンセを、お見送りできなかった。お招きを受けた当日、大熱を発して寝込んでしまったのである。風邪だったが、単なる風邪でなく、耳や顎が痛み、人相が一変するほど顔が腫れあがるおたふく風邪であった。癒《い》えても、夏目夫人は身重であったし、訪問を遠慮せざるを得ない。

十月に入ってあまりに夫人が心配するので、より江はようやく重い腰を上げた。夫人は牛込《うしごめ》区矢来町《くやらいちょう》の実家の離れ家に住んでいた。離れ家は、鈴虫好きの祖父（四月に死去）の住まいである。玄関から声をかけると、二歳五カ月の長女が、菓子を手にして現われた。

「あら？　いい物を？　なアに？」

「いもよかん」と答えた。芋羊羹である。女中が出てきて、より江が名乗ると、「奥様がお待ちかねです、どうぞ」と手を取らんばかりにうながした。

夫人は床の間の前に、二つ折りにした座布団を背にし、それに凭《もた》れるようにして、上半身をやや斜《はす》かいの姿勢でより江を迎えた。

「ごめんなさいね、こんな格好で。しんどいのよ」と詫びた。

「何カ月になります？」

「七カ月。折角お越しいただいたのに、自慢の料理をふるまえないの。仕出しよ。ごめんなさい」

「とんでもないことです。お楽になさって下さい。私の方こそ手ぶらで。ほんの形ばかりで」と酒悦《しゅえつ》の福神漬の小樽《こだる》を差し出した。

「その代わり積もる話の数々を、どっさり持参いたしました」

「何よりじゃないの」夫人が手を打って喜んだ。

「何年ぶりに会うのかしら。より江ちゃん、ずいぶん大人びた。ちゃん付けで呼ぶのは失礼ね。よりさん、でよろしいかしら。人妻ですものね」

「より江ちゃんで結構です。お恥ずかしい」

「熊本のコロッケット以来の再会ね」

「お赤飯以来です」より江は顔を赤らめた。

「お祝いしていただいてから四年になります」

「四年」夫人がつぶやいた。

「ずいぶん、いろんなことがあったわ。でも、よりさんの積もる話から聞きたい」

より江は取りあえずセンセにご挨拶できなかった無礼を陳謝した。

「センセはとても残念がっていたけど、やむを得ないことですもの。そうそう雀焼きを喜んでいました。それと味付海苔。むろん二つともトランクに大事に納めました。どちらももう味わい尽くしたはず。そうそう、こんな便りがありました」

夫人が身をよじって、手文庫から一通の手紙を取りだし、より江の膝元にすべらせて寄こした。

「センセがセイロンという国の首都から、九月二十七日に出されたもの。読んでごらんなさい」

「よろしいのですか」

汽船プロイセン号の寄港地コロンボより、夏目鏡子《きようこ》に宛てた手紙は、およそ三週間を要して到着している。

「シンガポア」に上陸し、植物園や博物館を見学したこと、熱帯地方だが日本の夏より涼しいこと、碇泊《ていはく》中の船の周囲に漕ぎ寄せた現地人が、船から銀貨や銅貨を海に投げよと口々に申し、それを潜って見事に拾いあげること、等々を報じ、最後に夫人に、月給の中から少額なりとも家賃を納めるように、夏目家の方は事情を話してあるから都合次第でよろしい、と伝えている。センセは結婚以来、実家に仕送りを欠かさなかったらしい。

（お前は歯を抜いて入れ歯をなさい。今のままでは見苦しい。

頭のハゲルのも、毎度申す通り、一種の病気に違いなく、必ずお医者に見てもらいなさい）

「人ノ言フコトヲ善《い》ヒ加減ニ聞テハイケマセン」……

「ほら」夫人が頭を下げた。「このことよ」

頭のまん中が禿げている。女は髷《まげ》を結うので、どうしても禿げる。そのため「かもじ」（入れ髪）を使う。病気ではない。

夫人が笑いながら言った。

「センセは気になって仕方がないのね。日本にいた時は、一言も髪や歯のことを言わなかったのよ。言えなかったのね。おかしなセンセでしょう？」

「センセらしいです」より江には、そうとしか返事ができなかった。何だか夫婦の秘めごとを、のぞいてしまったように後ろめたい。

「ところで」夫人が話題を変えた。

「よりさんは、おめでたはまだ？」

「まだなんです」おめでたどころか、同衾《どうきん》に至っていない。急いで、理由を述べた。

「留学の費用を作らないといけないんです。それでいまだに別所帯です」

「大変ねえ。わかるわ。お金がかかりますものね」夫人が溜息をついた。

「よりさんのお連れあいは、とってもいい方、センセもほめていらしたわ」

　より江が急病で訪問できなくなった日に、その旨を告げに猪之吉が夏目家に急きょ伺ったのだ。猪之吉は初めてセンセに会った。寺田寅彦の名が出て、二人はたちまち打ちとけた。

　隣室で女中と遊んでいた長女がぐずりだしたのを潮《しお》に、より江は近い内の再訪を約して、センセ宅を辞した。

　約束を果たしたのは、十一月初めである。その時も夫人は、まずセンセの便りを読ませてくれた。

　十月八日付、横浜を出港して、ちょうど一カ月めに船中で認《したた》めた手紙である。今日はこれから「エーデン」という所に着く予定、とあり、長女は健康かと尋ね、留守中だからといってむやみに寝坊してはいかんよ、髪は丸髷や銀杏返《いちょうがえ》しなどに結わない方がよい、洗い髪にしておき、日本は秋冷の季節であろうから、風邪をひかぬように、小生への便りはすべてロンドンの日本公使館宛に出すこと、とあって、末尾に俳句が記されていた。

「雲の峰　風なき海を　渡りけり」

「センセはずっと私の髪を気にしているのよ。おかしいでしょ？」夫人が笑った。

「センセらしいです」より江は先日と同じ返答をした。

センセらしい、というのは、これがセンセ流の愛の言葉なのだ、という意味であった。センセは奥様の髪や歯が大好きなのだ。


猪之吉が突然より江を旅行に誘った。

「だしぬけにどうしたの？」

「ごほうび、ごほうび」小躍りしながら見せたのは、猪之吉の和歌の師・落合直文の手紙と郵便為替であった。

「読んでごらんよ」と封筒から巻紙を取りだし、より江に差し出した。

猪之吉が協力した辞書『ことばの泉』が重版になり、順調に売れている。些少《さしょう》だが御礼を送る。失礼だが使い道は小生の希望通りにしていただきたい。「御令閨《ごれいけい》」と温泉にて羽を伸ばされんことを。温泉地は貴殿らの自由。

郵便為替の額面は、五円であった。当時、小学校教員の初任給が、十二、三円である。

「もったいない」より江が為替を押し戴いた。

「留学費用に全額貯金しましょう」

「いや」珍しく猪之吉が反対した。

「先生はわざわざ使い道を指定なさった。つまり、先生は結婚祝いのつもりで下さったんだ」

「そのつもりでいただいて貯蓄に回してはいけないの？」

「先生は多分そうするだろうと読んで、息抜きしろよとおっしゃっているんだよ。近間でいい、一泊して証拠代わりに温泉みやげを届けなくちゃ、好意を無視することになる」

「使った証拠かあ」より江は何だかガッカリしてしまった。

「それでね」猪之吉が続けた。

「あなたの行きたい温泉地はある？」

「いいえ」なおも未練げに、「もったいなくて。湯に入るだけにお金を使うなんて」

「ほら、熊本に旅行した僕の友だちがね、親類の宿屋を紹介してくれたんだ。伊香保《いかほ》温泉なんだ」

「伊香保温泉って、どこ？」

群馬県の、この時代は東京人が避暑に利用した温泉地である。夏目センセも大学生時代に宿泊している。

「宿代を割引してくれるというんだ。どうだろう?」

「あなたが行きたいなら私には異存はないわ」

「僕は一度行ってみたかったんだ。榛名湖《はるなこ》の公魚《わかさぎ》がおいしいらしい。友だちが勧めるんだ」

「公魚に会いに行きましょう」

上野停車場から前橋《まえばし》行きの汽車に乗り、高崎《たかさき》で下車すると、そこから鉄道馬車で渋川《しぶかわ》に行き、駅前から人力車で六キロ弱走ると伊香保である。旅館は猪之吉の友人が予約してくれた。昼すぎに着いた。ひと休みをし、茶請けの温泉饅頭に舌鼓を打つと、二人は町に散策に出た。温泉につかって外出すると湯ざめする寒さだった。入浴前で、よかった。

急勾配の石段が続く温泉街は、みやげ物屋や食堂や遊技場が並んでいる。より江は竹細工屋に立ち寄って、孟宗竹《もうそうちく》の花活けを買った。猪之吉は表で待つ間、店先に耳掻きを見つけ、大小ひと組求めた。夫婦箸《めおとばし》ならぬ夫婦耳掻きである。

冷えてきたので、神社のあるてっぺんまで行かずに引き返した。夕食をすませると、二人で入湯した。猪之吉が先に上がった。中庭を見下ろす窓ぎわの籐椅子に掛けながら、先ほど購入した竹製の耳掻きを使っていると、より江が濡れ手拭いを窓枠に干しながら、

「あら？　私が掃除してあげるわ」と言った。

「いいよ。自分でやる」

「誰も見ていないわ。やらせて。私、得意なのよ。いつも両親や祖父母に喜ばれた。上手だって」

無理に棒を取る。

「あら？　これ柄が手頃の長さね」

猪之吉の首を傾けさせ、ゆっくりと慎重に耳の穴をせせる。

「本当だ。うまい」

たちまち、右と左耳をきれいにした。

「じゃあ僕があなたをやってあげる」

「結構よ」より江が逃げた。

「男がこんなことするものじゃなくってよ」

「だって僕は耳鼻専門の医師だよ」

「そういえばそうね」より江が猪之吉の前に座った。「専門のかたに自慢しちゃった。お恥ずかしい」

「さあ、耳を貸してごらん」

より江が素直に頭をゆだねた。小さい方の耳掻きを使う。さすがに要領よく掃除する。より江が猪之吉の体を押した。

「ごめんなさい」小さく、かわいいクシャミを放った。もう一度、謝った。

「より江のクシャミ、初めて見た。より江もクシャミをするんだね」

「そりゃ人間ですもの」笑った。

「咳だって欠伸《あくび》だってオナラだってするわ」

「そうだよねえ。さあ、今度は反対側」

より江が首の向きを変える。

「おや？　耳の中がぬれているぞ」

「温泉で泳いじゃった。あなたが上がったあと」

「悪いことはできないねえ」

より江がうっとりと目をつむる。いかにも気持ちよさそうな表情を見ていると、猪之吉は接吻《せっぷん》せずにいられなかった。より江が驚いて目を開き、うっ、と妙な声を発した。

翌朝、より江が目ざめると、猪之吉が寝床にいない。縁側の方から、掛け声のような声がする。見ると、上半身裸の猪之吉が、妙な格好で手や脚を屈伸させている。

「お早う」元気な挨拶を投げてきた。

「お早うございます。どうなさったんです？　こんなに早くから」

「嬉しくて目がさめてしまった。僕の元服（男子の成人の儀式）がつつがなくすんだのだもの。喜ばずにいらりょうか」

「おめでとうございます」

より江は真っ赤になった。

# 第五章

# いとしのより江ンジェル

# 二十世紀の子

「初日ですよ。皆さん、初日の出ですよお」

女中の触れで、猪之吉《いのきち》とより江は、あわてて床を離れた。窓を開けると、目の下が海である。東京湾が、穏やかに広がっている。雲ひとつ無い。水平線上に、房総《ぼうそう》の山々が影絵のように並び、見るまにその影が橙色《だいだいいろ》に縁《ふち》どられた。あれよというまに、山の影が赤く発光した。明治三十四年元旦の太陽が、のぼり始めたのである。

「おめでとう」隣の窓から挨拶があった。知らない顔がのぞいている。

「おめでとうございます」より江と猪之吉は照れながら、挨拶を返した。隣だけではない。窓という窓から人が乗り出していて、お互いに新年を言祝《ことほ》ぎあった。この旅館は海上に迫り出すように建てられている。部屋で釣りができるというのが、謳《うた》い文句であった。

「いやあ、清々しい元日ですな」

隣の客が猪之吉に話しかけた。

「われわれは二十世紀元年の初日を拝んでいるわけです。そう考えると、いつもの見慣れたお天道《てんとう》さまとは違うような気がしませんか？」

「二十世紀元年？」猪之吉は、ハッとした。

「いやあ、そうでしたね。今日から二十世紀でしたね」

「そうですよ」隣人が笑った。「われわれは二十世紀の空気を吸っているんですよ」

だしぬけに、玄関のあたりからバンザイ三唱が起こった。初日の出を拝みに集まった人たちだろう。

ここは隅田川の河口に位置する新佃島《しんつくだじま》の、海水館という割烹旅館であった。猪之吉とより江は海水館で年越しをしたのである。

猪之吉の和歌の師、落合直文《おちあいなおぶみ》がお膳立てをしてくれたのだ。

直文は仙台伊達藩の家老の子だが、藩閥を利用して猪之吉の留学費用出資者を見つけてくれた。しかも償却《しょうきゃく》は出世払いでよし、という破格の条件である。

「よけいな心配をしないで、医学の勉強に専念してほしい。正月は江戸前の魚料理で、英気を養ったらどうだろう」

そう言って直文が行きつけの海水館に、予約をとってくれたのである。

「伊香保といい、申しわけないわ」より江は恐縮していた。寒いので窓を閉めた。

「お世話になりっぱなしで。何か先生にお返しできるもの、ないかしら」

「先生がね、いつか、こうおっしゃるんだ。留学前に二世を儲けておくと、励みになるよって」

「先生が一番お喜びになられること？」

「洋行の工面はできたし、どうだろう？　先生のご期待に添うのが、何よりの恩返しになるんじゃないかな」

「二十世紀の赤ちゃんをお目にかけることね」

「そう、二十世紀の子」

「生みましょう」より江は、はりきった。

「さっき、二十世紀の初日を拝んで、新鮮な二十世紀の気をおなかいっぱいに吸ったから、丈夫で健やかなお子が生まれるわ。二十世紀の子らしい名前をつけましょうよ」

「よし。僕たちの子らしい名を考えよう」

同じ頃、夏目鏡子《きょうこ》夫人も、ロンドンに留学中のセンセに、第二子の命名を手紙で頼んでいた。

センセは、名前なんて記号だから、わかりやすくて間違いの起きない名であればよろしい、と返事を書いている。そして男児なら直一《なおいち》はどうか、これは夏目家の者は皆直の字がついているからだ。また代輔《だいすけ》でもよい。これは死んだ兄の幼名である。あるいは父親が留守だから家の留守番、すなわち門を衛《まも》るで衛門《えもん》はしゃれているがどうだね。（以下原文）

「門を衛るでは犬の様で厭《いや》なら御止《およ》し己《おれ》と御前の中に出来た子だからどうせ無口な奴に違ひないから夏目黙杯《もくなど》は乙《おつ》だらう夫《それ》とも子供の名前丈《だけ》でも金持然としたければ夏目富《とむ》がよからう但し親が金之助《きんのすけ》でも此《この》通り貧乏だからあたらない事は受合だ」

　センセ、何だかハイ・テンションである。

「女の子なら春生れたから御春さんでいゝね待《まつ》レ父《ちち》ヲの上の一字ヅヽを取つてマチ即《すなわ》ち町は如何ですかな己の御袋の名は千枝《ちえ》といつたこいつは少々古風で御殿女中然として居るな姉が筆だから妹は墨《すみ》としたら理窟ポイかな」

　理屈ポイのでなく、悪い洒落《しゃれ》でしょう。センセ、いよいよ浮かれ調子である。

「二字名がよければ雪江、浪江、花野、なんて云ふのがあるよ」

　三つのうちの雪江という名だが、後年センセが書いた『吾輩は猫である』の中に登場する。「あら、よくってよ」と女学生言葉を使う娘で、「雪江とか云ふ奇麗な名の御嬢さん」、これは久保より江がモデルである。「尤《もっと》も顔は名前程でもない」とはセンセもあんまりである。「一寸《ちょっと》表へ出て一二町あるけば必ず逢へる人相である」と追い討ちを掛ける。

話が脇へそれた。女の子の名前である。

「千鳥鷗《かもめ》とくると鳥に縁が近くなるし八っ橋、夕霧抔となると女郎の名の様だからよしたがよからうまあ〲何でも異議は申し立んから中根のおやぢと御袋に相談してきめるさ」

中根のおやじと御袋は、夫人の両親である。

二女の名は恒子《つねこ》と決まった。おそらく両親の命名だろう。

センセは夫人に、善良なる淑女《しゆくじよ》を養成するのは母の務めだと手紙に記し、それにつけては夫人自身が淑女ということに理想を持っていなくてはならない、この理想は本を読んだり自分で考えたり、高尚な人に接して会得《えとく》するもの、「ぼんやりして居ては行けない」と叱咤《しつた》している。

そして子どもの躾《しつけ》について、「仕置も臨機応変にするのはいゝがたゞ厳しくしては如何ぬ」「大体六七歳迄が尤も肝要の時機だから決して瞬時も油断をしては如何ん」「スナホな正直な人間にする様に工夫なさい」と言っている。

別の手紙では夫人の弟（中学生）に、学問は知識を増すだけの道具ではないよ、と教訓している。

人格を改めて、「真の大丈夫」になるのが主眼である。真の大丈夫とは、自分のことばかり考えないで、人の為世の為に働くという、大きな志《こころざし》のある人生をいう。しかし志ばかりあっても、何が人の為になるか、現在の日本ではどんなことが急務か、深く考えなければ容易にわからない。これが知識の必要な点である。人間の価値は、十八、九から二十歳の間に決まる。「慎み給へ励み給へ」

別の日の手紙には、夫人の寝坊を戒《いまし》めている。子どもの教育にもよろしくない、「力《つと》めて己れの弊《へい》を除くは人間第一の義務なり且《かつ》早起は健康上に必要なり」

より江は一カ月に一度の割合で、夏目夫人を訪ねた。夫人はそのつどセンセの手紙を、より江に披露した。

「夏目の奥さんは朝九時十時まで寝るとあっては少々外聞悪い、ですって」

夫人は大らかに笑いとばすのである。

「そうはいってもねえ。目が離せない子と夜泣きする赤ちゃんがいるんですもの。寝不足で体をこわす方が、外聞よりよっぽど大変よ。センセって見栄っ張りなのよ」

ところで、と夫人が、より江に聞いた。

「よりさんのとこは、まだなの？」

「まだなんです」苦笑した。二世のことである。

「でも、旦那さんの留学の時期は決まったんでしょう?」

「ええ、予定は来年の暮れか、再来年の初めなんです」

「一年二年なんてあっという間よ。のんびりしてちゃだめよ」

夫人がしみじみと言った。

「よりさんだって、年を取るのよ」

そうだ、自分も年ごとに老けていくのだ。より江は今更のように加齢の事実に思い至った。猪之吉が洋行すれば、医学勉強のために、四、五年は帰国できない。今、子どもを作らないと、自分は二十四、五歳になるし、猪之吉は三十四、五歳になる。子どもができない年ではないけれど、育てる体力を考えると早い方がよい。

二十世紀元年の子を欲してから、もう九カ月になる。いまだに何の兆《きざ》しも無い。より江は不安になってきた。

猪之吉に話すと、「いや、それなんだが、僕も気にかかっていた」

自分のせいで妊娠しないのでは、と一人悩んでいたという。

「だけど、僕らが本当の夫婦になって、まだ一年もたっていない。早い遅いは人それぞれだろうから、もうしばらく様子を見てもよいんじゃないかな」

「お医者さまに診《み》てもらう」より江は決断した。「その方が安心」

「なら、僕も一緒に診断してもらおう」

「知らないお医者さまがいいわ」

現在勤めている医院に頼むのは恥ずかしかった。それは猪之吉も同じで、大学の先輩に相談するのは憚《はばか》られた。二人は別々の病院で、検査を受けた。

猪之吉は異常なしだったが、より江は、より精密な検診を求められた。

「おたふく風邪にかかったことはないかと聞かれたの」猪之吉に報告した。

「おたふく風邪？　それと妊娠とどういう関係があるんだ？」

「妊娠しにくいんですって」

「そんなことがあるのかなあ。調べてみるよ」

数日後、ドクターがより江を慰《なぐさ》めた。

「あきらめてはいけませんよ。天の授かりもの、と昔から言われるように、ある日、突然、授からないと限らない」

より江は猪之吉に宣言した。

「私、何でも試みてみる。絶対、生む」

「いや、よそう」猪之吉が、きっぱりと止めた。

「体をこわしたら元も子もない。無理してまで子を作りたくない。自然がいい。それとも、より江は子がないと不安かい？」

「不安じゃないけど……」

「やはり不安か。こうなるとお互いの信頼しかない。僕はより江を信じている。より江は僕を信じられないか？」

「信じています」

「なら、安心じゃないか。二人が離れ離れで生活していても、心がひとつなら大丈夫。よけいな心配は無用だ」

「私が馬鹿だったんです」

より江は、泣きだした。

「あなたが浮気をするのではないか、と心配で。あなたの関心をつなぎとめるには、子どもしかない、と一途《いちず》に思いこんでいたんです」

夏目夫人のことが頭にあって、より江を縛りつけていた。夫人はセンセに去られるのを恐れていた。センセの子を生むことでしか、センセをつなぎとめるすべがなかった。より江は無意識に、夫人の愛の形式をなぞっていたのである。

だが一方で、猪之吉の子を宿すのが恐くもあった。万が一、死なせてしまったらどうしよう。夏目夫人のように、半狂乱になるのではないか。

それなら、生まない方がよい。生みたくない。

生まなくてはいけない。早く生まないと、猪之吉は外国に行ってしまう。

生みたい、生みたくない、の葛藤だった。自分は生めない体だ、と知った時、より江はホッとすると同時に、新たな不安に襲われた。

猪之吉が、自分を忘れてしまうのではないか。

忘れられないようにするには、どうしたら、よいだろう。

松山で猪之吉に恋していた頃、より江はノートに、「いのきち」「よりえ」と並べて書いた。二人の名の頭の一字を読むと、「イヨ」と読めた。松山は伊予国《いよのくに》である。伊予の二人。より江は結ばれる運命を感じて、身ぶるいしたものだった。

## おめでた

猪之吉には一切の隠し事をしないより江だが、これだけは秘していた。明かせなかったのである。

なに、大層な秘密ではない。子宝にご利益がある神社仏閣を、一人で回っている。夏目夫人の体験を思いだしたのだ。夫人は覿面《てきめん》にご利生《りしょう》を授かっている。しかも、たて続けに恵まれた。

より江は住み込みの看護婦さんたちから、情報を得ては、出かけていく。彼女らは患者さんの雑談を小耳に挟んでいる。病人は縁起をかつぐので、霊験《れいげん》や吉祥《きっしょう》の類《たぐい》に詳しい。織物で有名な八王子に、あらたかなお社《やしろ》があると教えられたが、遠すぎる。より江は山王《さんのう》の日枝《ひえ》神社や、上野のお山の輪王寺《りんのうじ》（子育て観音を祀る）、浅草寺《せんそうじ》の淡島《あわしま》様、雑司ヶ谷《ぞうしがや》の鬼子母神《きしもじん》、新宿の花園《はなぞの》神社などを回った。

ある日は赤坂の豊川稲荷《とよかわいなり》（ここの別院に、子を抱いた狐の像がある）、ある日は向《むこう》島《じま》の牛島《うしじま》神社にお参りした。探すと結構ある。

むろん、安産の守護神、日本橋蠣殻町《かきがらちょう》の水天宮《すいてんぐう》にも詣《もう》でた。受胎の神さまは、子授けの神でもある。守り札を受けていたら、そこに「御子守帯《みすずおび》」と記された岩田帯《いわたおび》に目がとまった。母を思いだした。そして祖母の言葉を思いだした。

母とここにお参りした日、偶然、母の婚約者と出会い、話を交わしたというのである。婚約者も東京で身を固め、身重の妻と安産祈願に来ていた。お互い男と女の子に恵まれたら、子ども同士を結婚させませんか。婚約者が祖母にそう持ちかけたというのである。むろん、冗談である。しかし、より江は、そうだ、母の婚約者だったという男を訪ねてみよう、突然、思いついた。

別に会うつもりはない。呉服屋の番頭だったその人は、深川門前仲町《もんぜんなかちょう》に店を開いているという。店の表からのぞいて見るだけだ。自分と同じ年に生まれた子が、男の子か女の子か確かめてみるだけ。いわばお互い水天宮の申し子である。縁がある。ただし、相手の子が達者であるかどうか、だ。

より江は水天宮の門前で人力車を拾った。蠣殻町から門前仲町まで、隅田川を渡れば、ほんのひとっ走りである。仲町に入ると、より江は三業組合の事務所に着けてくれるよう頼んだ。三業とは料理屋、待合、芸者屋の三つを言い、これらが集まっている場所を三業地と称する。呉服屋のお得意は、何といっても三業地の人たちだろう。

でも呉服屋さんは多い。伊予松山の出身者を探すとなれば、身元情報に詳しい花柳《かりゅう》界《かい》しか無い。事務所で紹介された、老舗の置屋《おきや》を訪ねた。置屋は芸妓《げいぎ》を抱えておく家である。茶屋から注文が来ると、芸妓を着飾らせて差し向ける。そしてお座敷に出す。

「松山出身ねえ」置屋の女将が首をひねった。

「深川の呉服屋さんは大抵顔見知りだけど、心当たりはないねえ」皮肉な冷笑を浮かべた。

「松山といやあ伊予絣《がすり》だろう？　木綿物を扱う問屋を当たった方が早いよ」木綿は好みじゃない、という口ぶりだった。

そこへ銭湯から戻った芸妓が、二人の会話に耳を傾けていたが、

「お不動さまの横に、いろんな生地《きじ》を並べている店があるよ。伊予絣も置いてある。そこで聞いてみたら？」と口を挟んだ。

より江は礼を述べて、教えられた店屋に向かった。見つからないので、不動尊境内の茶屋で尋ねた。伊予絣の、と言いかけたとたん、「そこだよ」と大通りの向かいを示した。

より江は念のため大通りの瀬戸物屋で、伊予出身の者の店か否か伺ってみた。すると、間違いない。約二十年前から営業していると言い、「実直な主人だ。倅《せがれ》が二人いて、総領が親父を手伝っている。屋号は兎屋《うさぎや》だ」

胸をはずませながら訪れると、わからなかったのも道理、呉服商でなく襟店《えりみせ》だった。より江は通行人の振りをして、ゆっくり店の前に来かかると、気に入った半襟の色柄を見かけた振りして、立ち寄った。

小上がりで生地の見本帖を広げ、何やら相談しあっていた親子が、より江の姿に「いらっしゃいまし」と声を揃えて迎えた。より江は夏物の襟を見せてほしい、と頼んだ。息子さんが奥から二十種ほど運んできた。一本ずつ、じっくりと眺めながら、より江はドキドキした。

「どうぞ襟に掛けて見て下さいまし」と鏡台をより江の膝元に置いた。

「よろしかったら姿見もございます」

「いえ。あの、私のじゃなく友だちに差し上げようと思って」しどろもどろになった。急いで五本選んだ。ご利益顕著の神仏を教えてくれた、看護婦さんたちへのお礼である。

「お似合いですよ」息子さんが世辞を言った。

より江は逃げるように店を出た。息子がどんな容貌だったか、よく観察していない。親父さんの方ばかり気にしていた。平凡な男性だった。

今度、松山に帰ったら、笑い話に今日のことを父に語ってやろう、と思った。父の容態は安定しており、会社の事務を自宅で続けていた。週に一日、会社派遣の医師が診療した。

　より江が生まれる前から祖父母宅で女中をしているまつが、ずっと父を介護している。まつは天涯孤独の女で、行く所が無い。喜んで父の世話をしてくれるので、心強く、ありがたかった。

　おめでたの徴候も無く、二十世紀元年は暮れた。

　より江は十八歳になった。猪之吉は二十八歳である。

　三月、より江は猪之吉と連れ立って、夏目夫人にご機嫌伺いをした。センセは本年の暮れか年明けに、帰国するとのことだった。

「日本に帰ったら、お蕎麦《そば》とご飯を思う存分、平らげて、着流しで縁側で日なたぼこするんですって」

　例によって夫人はセンセの手紙を披露し、「相当ノスタルジアにかかっているわ」と笑った。当時は、思郷病《しきょうびょう》といった。望郷の念である。あとで知ったのだが、センセはかなり重い神経症を患《わずら》っていた。思郷病とは違う。猛烈に勉強に打ち込んだ結果だった。お前はどうして自分に手紙をくれぬのか、と夫人を責めている。

　夫人宅を辞して神楽坂《かぐらざか》の方に歩いていたら、寺田寅彦《てらだとらひこ》とバッタリ会った。夫人を訪ねるところだという。昨日も訪ねたと言った。猪之吉が夏目先生はノスタルジアが激しい、と伝えると、その言葉は、僕が奥さんに教えたんだ、と笑う。

「高知に帰っていると聞いていたので、心配していたんだ」猪之吉が寺田夫人の病状を気遣った。

「大丈夫だ。昨年の春に子どもを生んだ」

「そうか」猪之吉が寺田の手を取った。

「よかった。おめでとう」

「ありがとう。東京の用事が溜まったので、僕も安心してこうして上京したわけだ」

寺田は、より江に、正岡子規があなたのうわさをしている、と話した。

「気が向いたら訪ねてくれたまえ。喜ぶよ」

より江のことは夏目センセに聞いたのだろう。寺田はしばしば子規を訪問していた。俳句の添削を受けていたのである。

「君、留学はいつだっけ？」猪之吉に問うた。

「来年の六月だ」

「決まったのか。ドイツのどこ？」

「フライブルグだ」

「準備であわただしいな。また会おう。失敬」

招き猫のように右手を挙げた。路上の立ち話だから、せわしない。左右に、別れた。

ある日、猪之吉が松山に行こう、とより江を誘った。

「しばらくお父さんをお見舞いしていないし、洋行が迫ったら、何の用事で行けなくなるかもわからない」

「そうね。私も準備や打ち合わせしておきたいことがある。行きましょう」

猪之吉の留学中は、より江は松山に帰っていることになっていた。猪之吉も安心だろうし、より江も父の介護ができる。

二人は新橋停車場から、神戸行きの急行旅客列車に乗った。この列車だと約十七時間半で神戸に着く。急行料金は取られない。神戸から広島まで山陽鉄道に乗り換える。そして宇品《うじな》港から船で四国に渡るのである。

船中で猪之吉が思いだし笑いをした。

「なあに？」より江が顔を見た。

「いや」猪之吉が照れ笑いをした。

「また道後《どうご》温泉につかりたいなと思って」

「行きましょう。今度は『ふなや』に泊まりましょう」

「そこは子宝の湯があるの？」

「えっ？」より江は目をみはった。

「いや。伊香保《いかほ》で僕が元服したように、松山はより江の故郷だから、僕たちの子が授かるんじゃないかと思って」

「ご存じでしたの？」

より江の神社仏閣めぐりである。

「看護婦さんにね。半襟を自慢してた」

「ごめんなさい。内緒にしていて」しょげた。

「気にしないでいい。より江の悩みは僕の悩みでもある。お互い忘れて、松山で出直そう。より江の生まれた土地だから、望みが叶う気がする。いや、絶対、叶うよ」

父は大分、弱っていた。一カ月前、退職願いを出し、受理されたところだと言った。

「心配をかけるので黙っていたんだが、軽い発作を起こしてね」

思考力がめっきり減退した。会社のお情《なさけ》にすがっているわけにいかない。一日を寝床で過ごしている。

「床擦《とこず》れが恐いというんで、おまつが適当に体の向きを変えてくれる」

「まあ」より江は茶を運んできたまつに、「重いでしょうに。女手では無理よ」と、むしろまつの負担と健康を案じた。

「大丈夫ですよ」まつが複雑な表情を見せた。

「久しぶりに会うんだ。寝たままでは話しづらい。起こしてくれ」父がより江に命じた。

より江は父を抱き起こした。驚くほど、軽い。布団に座らせた。猪之吉が掛け布団をうまく畳んで背中に当て、寄りかからせた。

「より江」父の声が元気になった。

「お前、まだかい？　おめでた」

猪之吉が顔色を変えた。父の後ろにいるので、父は気づかない。

「わかった？　お父さん」より江が快活に笑った。

「わかったって、それじゃお前……」

「はい」より江が膝を進めた。父の手を取る。おなかを突きだして、さわらせた。

「わかる？　動いているでしょ？」

父がおずおずと手を引っ込めた。何も言わない。

「わからない？　お父さんのこっちの手は麻痺していないよね？　もういっぺん触れ

てみて？　娘なんだから遠慮しないで」

ああ、と父が大きくうなずいた。

「動いている！」

「でしょ？」

「めったむしょうに、動いている！」

猪之吉が笑いだした。めったむしょうは、より江が国語辞典のために採集した言葉だ。より江も笑った。こちらは、泣き笑いである。

「元気がいい。きっと男の子だ」

「私も男の子だと思う。お父さんの孫よ。もっけのさいわいでしょ？」

「もっけの？　そりゃ違うよ」父が苦笑する。

「あら、遣い方が妙？　もっけとは言わないの？」

「意外なものか」しあわせそうに微笑んだ。

その夜、猪之吉が言いだした。

「松山に滞在中に、天草《あまくさ》に行ってみたいんだが、どうだろう？　学生時代の旅で眺めた天草の夕日を、もう一度見たい。熊本城下も歩きたい。より江と出会った土地を、もう一度踏みたいんだ」

「行きましょ」より江は即諾した。

「お父さんの加減もよさそうだし」

# いとしのより江ンジェル

明治三十六年六月、久保猪之吉は横浜埠頭《ふとう》より、ドイツ郵船ザクセン号で、ドイツ留学に旅立った。午前八時出港のため、前夜、横浜市内により江と泊まった。できる限り日本の風景を目に焼きつけておきたい、という猪之吉の希望で、二人は夜明けと共に町に飛びだした。散策したあと、埠頭に向かった。

ザクセン号には大勢の港湾労働者によって、リレー式で荷が運び込まれているところだった。より江の目の前を通りすぎた、半裸体の男がかついだ目籠《めかご》から、猫の鳴き声がした。より江はあっと発して、あとを追った。名前を呼ばれた気がしたのである。目籠は見る見る遠ざかり、労働者たちの群れに隠れた。

「なんだい？」猪之吉が不審がる。

「猫」より江はドキドキした。

「猫って船に乗せるの？」伸び上がって、尚《なお》も探す。

「さあ？」猪之吉が首をかしげる。

「三毛猫のオスは船乗りがほしがると聞いたことがある。航海のお守りにするらしい」

「ザクセン号にも乗せるのかしら？」

「どうかな」

「乗せてほしいわ」

「聞いてみようか」

待合所の窓口でより江が尋ねたが、要領を得ない。見送りの人たちでごった返していて、係の者は案内に追われていた。より江は猪之吉に大事な用件を伝え忘れているような気がして、あせっていた。そうだ、二人の合言葉だ。昨夜、時間を決めてお互いに同じ言葉を言いあおう、と提案したら、猪之吉が日本とドイツでは時差があるからむずかしい、と笑った。時差を考慮し、やりくりすればよい。それより合言葉を何にしよう。あれこれ二人で考えたが、決まらなかったのだ。

そのうち今年一月に帰国した夏目センセの話になってしまった。センセはノイローゼ状態で帰り、奥様との仲がしっくりしなくなった。理由もなく突然怒りだし、奥様やお嬢様に手を上げるという。

そうこうしているうちに出発の時間が来て、猪之吉はあわただしく乗船した。洋楽が奏《そう》された。ザクセン号はゆっくりと動きだした。旅客は全員が船端に寄り、身を乗りだすようにして、見送り人に手を振った。

より江は猪之吉の姿を、ただちに見つけた。彼は鮮やかな黄色のスカーフを首に巻いていたのである。より江が横浜で買って、目印に乗船前に渡したのだ。ほとんど白の夏服姿の中で、イエローはきわだった。より江は大声で夫の名を呼んだ。むろん彼女も同じ色のスカーフを手にしていた。それを広げて振りかざした。夫がこちらを見る。より江を認めると首の布を外して、やはり一枚に広げて振った。

船は岸壁を離れる。より江のスカーフが腕にからまった。いったん腕を下げ、改めて広げて頭上にかざす。遠ざかる夫に視線をやったより江は、思わず「あらっ」と大声を発した。

猪之吉がスカーフでなく、黒猫を抱いているのだ。そしてより江は、はっきりと黒猫の声を耳に聞いた。「ご主人は僕が守りますよ」と言っていた。

「お願いよ」より江は叫んだ。

「頼みますよお」何度も叫んだ。

「ご安心なさい」猫がうなずく。

より江の眼から涙がほとばしった。

久しぶりの、動物との会話だった。忘れていた対話だった。子どもの頃以来である。あの頃のように、より江は今どうしようもなく一人ぼっちだった。

人の言葉を解する黒猫で始まった「より江」の物語は、猫で終る。ドイツのフライブルグに無事到着した猪之吉からは、絵葉書が届いた。一言、安着の報告があり、末尾に大きく、「いとしのより江ンジェルへ」とあった。

# エピローグ

ここからは物語のより江でなく、実在の久保より江と、その周囲の者の事実談である。

猪之吉《いのきち》は明治四十年に帰国し、福岡医科大学（現在の九州大学医学部）教授に迎えられ、より江と共に福岡市に赴任した。同大の初代耳鼻咽喉科《じびいんこうか》教授である。漱石がより江に宛てた手紙に、「倹約をして御金を御ためなさい。時々拝借に出ます」とある。

三年後、漱石は歌人の長塚節《ながつかたかし》を、猪之吉に紹介した。節は漱石の世話で、小説『土』を朝日新聞に連載した。終了する頃に喉頭結核を発病し、婚約を解消するに至った。傷心の節は九州旅行の途次、耳鼻咽喉の権威、猪之吉の診察を希望し、漱石に懇願した。漱石は猪之吉と面識はない。しかし、より江を通じて知っていた。節も誰かから漱石とより江の交流を聞いていたのだろう。

久保夫妻は節を歓迎し、温かく応接した。そして念を入れて診察治療した。そのため一時快くなった。気を良くした節は、無理押しで旅を続けたため、大正四年に病状を悪化させ再び久保の手術を受ける。やがて夫妻に看取られながら、三十六年の生涯を閉じた。

節はより江に淡い恋心を抱いていたように思える。より江の文集『嫁ぬすみ』の「長塚さん」によると、五歳上の節は話し好きで、いろんなことを語った、とある。目尻が下がっているため、子どもの時分、お前は助平に違いない、とからかわれた。そのため異性に臆病になった。そんな話もした。旅先から絵葉書を一度に七、八枚も寄こした。短時日のうちに百枚以上もらった。まじめな人で、聖僧のおもかげがあった。仏像が好きであった。

より江は節と会った時、初対面の挨拶をしたら、いや、僕はあなたを正岡子規《まさおかしき》の葬儀の席でお見かけしました、と言われた。確かに弔問したが、より江には覚えがない。あなたは目立ちました、と節が笑った。何か奇矯《ききよう》なふるまいをして目立ったのか、とより江はヒヤッとしたが、美しいという意味だったらしい。より江は泉鏡花《いずみきようか》の小説のモデルになったほどの美人だった。

節はより江の故郷松山にも行き、漱石が下宿した彼女の生家も見ている。五色素麺《ごしきそうめん》を気に入り、茨城の実家に一折送っている。

「もうすぐに夏が来ます。単衣《ひとえ》にかはつた時程女の美しくなることはありません」とより江に記し、歌を添えている。「ならの樹の　わか葉は白し　やはらかに　ひとへ

の肌に　日はとほりけり」

久保夫妻は「エニグマ」という誌名の文芸個人誌を発行していた。より江が編集を し、発行所は「南社」とあるが、これは福岡の自宅である。エニグマは謎のこと。雑誌を通じて、九州の文化人と交流していた。歌人の柳原白蓮《やなぎわらびゃくれん》や、俳人の杉田久女《ひさじょ》らである。

夫妻は正岡子規の縁で、高浜虚子《たかはまきよし》に俳句の指導を受けていた。「猫に来る　賀状や猫の　くすしより」より江。くすしは医師である。より江の句集には猫を詠《よ》んだものが多い。

「ねこの眼に　海の色ある　小春かな」「籐椅子に　猫が待つなる　吾家《わがや》かな」「不器量の　小ねこいとしや　掌《たなごころ》」「恋ひ負けて　去りぎはの一目　尾たれ猫」「烏猫《からす》　こたつの上に　あくびかな」

虚子が夫妻を詠んだ作品がある。「春猫に　子の無き博士　夫妻かな」

二人は子宝には恵まれなかった。昭和十四年、久保猪之吉は六十四歳で世を去った。歌人の金子薫園《くんえん》が訃《ふ》を聞いて、「年老いて　こころの友に　わかるるは　骨身にしみて　さみしきものを」と詠んだ。

二カ月後、夫妻がかわいがっていた猫が、仏壇の灯明を倒し出火、自宅を全焼した。より江が集めていた大量の蔵書や、猪之吉の蝶や写真のコレクションなどすべてを失った。

その二年後、より江は五十六歳で亡くなった。尚、寺田寅彦《てらだとらひこ》は昭和十年に逝去している。

漱石の『吾輩は猫である』に、より江は十七、八の女学生で登場する。「踵《かかと》のまがつた靴を履いて、紫色の袴《はかま》を引きずつて、髪を算盤珠《そろばんだま》の様にふくらまして」いる、苦《く》沙弥《しゃみ》先生の姪の設定で「雪江とか云ふ奇麗な名の御嬢さんである。尤《もつと》も顔は名前程でもない」とは、文豪も口が悪い。「一寸《ちよつと》表へ出て一二町あるけば必ず逢へる人相である」とはひどい。

より江は夏目先生の奥様にかわいがられた。小説に描かれた女学生姿で、しょっちゅう遊びに行っていた。人妻だったのだが、世間体をはばかって女学生に扮したらしい。先生に艶《えん》なうわさが立つと悪いからである。

より江の「夏目先生のおもひで」によると、先生の写真をもらった際、「写真では老けて見える」と感想を述べたら、たちまち機嫌を損ね、「気にいらないならやらぬ」と言った。

「女が踵の曲った靴をはいていてはいけない」とたしなめたりした。

漱石先生は大正五年十二月九日に永眠した。五十年の生涯であった。

夫人は四十歳、彼女の発議により先生の解剖が門下生に諮《はか》られた。先生は医師に看取られての尋常な病死であり、不審死でなかったから、反対者が多かった。しかし夫人は数年前、幼い五女が急死した際、手続き通り火葬に付したものを、折角《せっかく》この世に生まれたのだから、何か一つのお役に立てて送りだしてあげたかった、と先生が悔やんだのを忘れなかった。

また明治天皇に殉死した乃木希典《のぎまれすけ》が、体は医学校に寄付すると遺書に記したことに感動し、自分もそうしたいと夫人に願った。夫人は解剖は故人の遺志だと、弟子たちを説得した。東京帝国大学医科大学において行われた。この時代、妻の提案でこのようなことが実行されたのは、きわめて珍しい。鏡子《きょうこ》夫人の夫に対する信頼と、愛情のなせるところと言っていい。

鏡子夫人は「悪妻」との説が、ながいこと伝えられてきた。これは多分に漱石を崇拝した弟子たちが、より一層、神格化させるために、悪意をもって流したと思う。

弟子たちの大半が、漱石に金を借りている（貸借メモが残されている）。皆漱石に申し込み、漱石が夫人に命じ、夫人の手から渡されている。メモには、きちんと返済した者、未返済の者の名と金額が、漱石の筆跡で記録されている。

借りた者は夫人に頭が上がらない。どころか、人によっては蔭で恩人の悪口を放つ。自分の恥を隠すためである。

鏡子夫人は、どのような女性だったのだろうか。

夫人は一九六三（昭和三十八）年に、八十六歳で亡くなった。漱石の子を七人生んだ。夫人を知る人の評をまとめると、さっぱりとした気性のあねご肌の女で、小さなことを気にせず寛大で陽気、浪費家で面倒みがよかった、うんぬん。

病的に神経が尖《とが》った先生と、だから相性がよかったと言える。漱石先生は偉大だが、朝から晩まで顔をつきあわせていたいとは思わない。きっとへとへとに疲れてしまうだろう。少々のことに動じない太っ腹な「悪妻」だったために、類《たぐい》まれな漱石文学が生まれたといって過言ではあるまい。

以下、雑談。『吾輩は猫である』は猫が語る小説だが、この形式は久保より江と会話していてひらめいたのではないか。猫に限らず虫や石、植物などあらゆるものと対話ができる、と彼女は文集に書いている。先生にも自慢したに違いない。

熊本市の古書店「舒文堂《じょぶんどう》」は、実在の本屋で、現在も盛業中である。漱石が熊本五高に赴任した時、まっ先に立ち寄った。主人はチョンマゲを結い、外出時には鉄扇《てっせん》を持って出た。文明を拒否した復古主義の人だったらしく、漱石は妙に馬が合ったらしく、ひいきにした。『吾輩は猫である』の第三章に、迷亭の伯父として登場させている。漱石が購入した本は、東北大学の漱石文庫に所蔵されている。なぜ舒文堂が売った本とわかるか。あるじが珍本と判断した本には、店名入りの判を押して販売した。その印判入りの本が、何冊もあるのだ。

　最後に久保より江の、昭和十一年の発句《ほっく》を紹介して拙文をしめくくる。

「いのち一つ　守りあぐねて　日向ぼこ」

　より江五十一歳の感懐である。

# 文庫版あとがき　「ベゴニア夫人」

全く偶然にすぎないのだが、『漱石センセと私』の文庫版あとがきを書く準備をしていると、たて続けに久保より江の関係資料が舞い込んだ。舞い込んだ、としか言いようがない。あたかも久保より江本人が、こんなものもありますよ、よかったら紹介して下さい、と願うように、間を置かずに私の手元に届いた。

一つは、『現代婦人詩歌選集』という本である。二カ月ほど前、古書店の通販目録で目にして、注文した。「与謝野晶子、九条武子、片山広子、他作品」とあり、片山広子を調べていたので飛びついたのである。

さいわい確保できた。すぐに送本すると連絡があった。代金を払い込み、待ったが、来ない。まもなく電話があり、現物が見つからない、と言う。しかし在庫は間違いないので、なお慎重に捜索中である、しばらく猶予を願いたい、とのことであった。

こちらは急がないので、見つかり次第送ってほしい、と返事した。それきり、忘れていた。十日ばかり前、遅れた詫び状と共に本が届いた。大正十年七月一日発行の第三刷である。版元は、婦女界社。二十四人の歌人と四人の詩人、いずれも女性のみの作品が収録されていた。歌人の中に、久保より江が入っていたのである。

「きさらぎ」と題して、三十首詠んでいた。

「きさらぎや博多はさびし一輪の薔薇《ばら》も見出でぬわが誕生日」

「この国の女はかなしあきらめの檻《おり》より外に棲《す》むところなき」

収録歌は福岡市文学館選書6『久保猪之吉・より江作品集』には、見当たらない。『現代婦人詩歌選集』のために詠んだものだろうか。出典は示されていない。

あれこれ調べている最中に、久保より江の直筆短冊入手の報が、某古書店よりもたらされた。色紙か短冊どちらも是非ほしい、と声をかけていたのである。早速、送られてきた。

達筆の美しい草書体で、次の一句が書かれていた。

「京のやど浪速《なにわ》の宿や青すだれ　より江」

額に入れ机の前に飾り、眺め入っているところに、長塚節《たかし》を研究なさっている上高《うえたか》幸次《こうじ》さんから、お手紙が届いた。二〇一七年六月十七日付愛媛新聞記事のコピーと写真二葉が同封されていた。記事は、「愚陀仏庵《ぐだぶつあん》」家主の孫・歌人久保より江「ベゴニア」書簡公開を報じたもの。愚陀仏庵は、松山市の漱石下宿、すなわち久保より江祖父母の旧居である。「ベゴニア夫人」といわれたより江の、長塚節あて書簡四通を、展示公開するというもの。ベゴニアはより江が愛し丹精していた花だった。秋海棠《しゆうかいどう》とも呼ばれる花である。上高さんはこれの実物を近所の花屋さんで見つけ、満開のさまを写真に撮って送って下さった。

実を言うと私はベゴニアの花を見るのは初めてだった。淡紅色と辞書に出ているが、濃い紅である。情熱的な色である。この鮮やかさをより江が好んでいたと思うと、小説を書く前にベゴニアを見ていなくてよかった。より江のイメージが、違っていたと思う。「南国の少女」は言葉の上だけでよい。あまり奔放すぎる少女では、漱石センセとのとりあわせの上で、始末に負《お》えない。

「きさらぎ」にベゴニアの歌がある。

「ひとりゐの女のあるじが窓ちかう植えてよき花秋海棠の花」

この歌の女あるじが、私の描くより江らしい。

そして、こんな歌も詠んでいる。

「わが小鳥世をはゞかりてうたひ得ず歌なし鳥となりやはてまし」

さしさわりがあって歌えなかった歌とは、どういうものか。「ベゴニア夫人」には、まだまだ謎がある。この謎ときは、読者にゆだねたい。

二〇二〇年 秋

出久根達郎

# 解説——「久保より江のこと」

神谷優子

ある日、手元にあった新聞広告が目にとまった。出久根達郎著『漱石センセと私』。その作者と題名と、そして短い紹介文を読んだとき、私は躍り上がった。「久保より江」が主人公の本が刊行されるという。ちょうど今、本当に頭が痛くなるほど考えに考えていた女性だった。風が吹いた——。瞬間、そう思った。

この物語の主人公、久保より江のことをどのくらいの人が知っているだろうか。夫、久保猪之吉とおよそ二十八年間を過ごしたこの福岡でも、そう知る人はいないだろう。

しかし、このより江が、漱石の『吾輩は猫である』の苦沙弥《くしゃみ》先生の姪「雪江」や、泉鏡花の「櫛巻」の主人公「夫人」のモデルとなったと知れば、誰もが驚くだろう。

改めて久保より江（明治十七年九月十七日〜昭和十六年五月十一日）について紹介したい。久保より江は愛媛県松山市大字玉川町の出身。旧姓宮本ヨリヱ。鉱山技師、宮本正良の長女として生まれ、幼少の頃から夏目漱石や正岡子規らと交流を持ち、早くからその文学的才能を見出された。明治三十二年、松山高等小学校を卒業後、東京府立第二高等女学校に進学し、東京帝国大学医科大学の学生久保猪之吉（明治七年十二月二十六日〜昭和十四年十一月十二日）と出会い、結婚する。その後、猪之吉の官費留学を経て、明治四十年、京都帝国大学福岡医科大学（のちの九州帝国大学医科大学）の耳鼻咽喉科教授となった猪之吉と来福。大名町の自宅は多くの文化人たちが集まるサロンとなった。歌人長塚節、若山牧水、斎藤茂吉、柳原白蓮、俳人高浜虚子、作家倉田百三らと親交を持ち、この地に文化的潮流を起こしたとされる。

特に夏目漱石の紹介で、猪之吉の治療を受けることになった長塚は、三度も九州へ赴き、入院治療中に久保夫妻との交流を重ねた。滞在中、何度もより江を自宅まで訪ね、また療養のために出かけた旅先から、百枚にものぼる葉書や書簡を送り近況を知らせた。より江も、季節の花や果物を差し入れするなど、家族同然の細やかな心遣いをしている。長塚は、入院中の様子や久保夫妻との出来事を歌に詠み、歌集『鍼《はり》の如く』を編んだ。死後、より江はその心温まる交流を「長塚さん」という小品で偲んでいる。

これまで、「久保より江」の名は、どちらかといえば俳句の世界で知られていたが、実は、より江も猪之吉と同じく、文学活動の出発点は短歌から始まっている。「朝ごとに若きいのちを削り行くくせ者なれど鏡はいとし」は、当時の女学校の読本に掲載され、若くして高い評価を受けた。歌を経て、より江が俳句を本格的に始めたのは来福後の大正七年。俳人清原拐童《きよはらかいどう》から加朱を受け、高浜虚子主宰の雑誌「ホトトギス」や吉岡禅寺洞《よしおかぜんじどう》主宰の俳誌「天の川」など、多くの雑誌や新聞に句や小品を投稿している。

しかし、この俳句の世界においても同時期に活躍した杉田久女に比べれば、その名は知られていない。漱石の妻、夏目鏡子の『漱石の思ひ出』、高浜虚子『子規と漱石と私』、柳原極堂『友人子規』でより江のことが度々回想されているにも関わらず、だ。理由は幾つかある。より江は久女のように語り継ぐ人を持たず、また最近まで、より江の人柄や作風を知る書籍を持たなかった。つまり、巷間に知る機会がなかったといえる。知る人ぞ知る。「久保より江」はそんな人物だった。

『漱石センセと私』は、より江が幼少期を過ごした松山時代から始まる。より江が風に飛ばす五色綿のように、漱石が、子規が軽やかに登場する。今も煌めく「文豪」たちが、幼いより江とにぎやかに会話を交わし話が進んでいく。より江は漱石を「センセ」と呼ぶ。「先生」とは言わない。この呼び方に、より江が話す伊予方言の柔らかなイントネーションと漱石に対する親しみが感じられる。「センセ」と呼ぶのはより江と漱石の妻、鏡子だという。

ふと、センセに対するより江の感情で、読者がドキッとするところがある。鏡子の懐胎の知らせに、より江が「負けた」と思う場面である。同じ女性として、またより江のセンセに対する想いは、もしかすると単なる尊敬や親しみよりもほんの少し上のものだったかもと思わされる。

漱石もより江を悪くは思わなかっただろう。幼いながら共に座を囲み、おぼつかない筆づかいで句を書いていたあのより江が、猪之吉と結婚後、およそ十年ぶりに自宅を訪ねて来たとき嬉しかったに違いない。日焼けで髪の毛も赤く色黒にも見えたより江が今や、髪をきちんと結いお化粧をして大人の女性として現れる。より江は、この気難しい漱石とも互角にポンポンと口論もできた。そんなさっぱりしたところもあった。

この『漱石センセと私』は小説である。だから、より江とセンセ、センセと鏡子、より江と猪之吉とその重なり合うエピソードの中には、フィクションが勿論ある。その中の一つに、「久保猪之吉とどうやって知り合ったか」がある。より江の著作には小品集『嫁ぬすみ』（大正十四年）と、句と小品が収録された『より江句文集』（昭和三年）があるが、作品からそのときの出来事や出会った人々など、ある程度の事柄は辿れるが、猪之吉との出会いに触れたものはない。

『漱石センセと私』では「ドクトル」のあだ名を持ち、「目玉の大きな」猪之吉とより江が、第五高等学校の教員として赴任した漱石のいる熊本で出会う。突然、宿で倒れたより江の祖父を猪之吉が入院させるというエピソードを添えている。より江と猪之吉との出会い、そのわからない空白の部分を小説の力で埋めている。それと、もう一つ、現実の久保夫妻には子どもがいなかったが、ここでは病に伏すより江の父親の前で、子どもを授かったと喜ぶ二人が描かれる。より江のとっさの機転で待望の「二十世紀の子」を想像させる。久保夫妻を知る一人として本当に嬉しい「小説の力」である。

「より江」父の声が元気になった。
「お前、まだかい？　おめでた」
猪之吉が顔色を変えた。父の後ろにいるので、父は気づかない。

「わかった？　お父さん」より江が快活に笑った。

「わかったって、それじゃお前……」

「はい」より江が膝を進めた。父の手を取る。おなかを突きだして、さわらせた。

「わかる？　動いているでしょ？」（中略）

ああ、と父が大きくうなずいた。

「動いている！」

「でしょ？」

「めったむしょうに、動いている！」

猪之吉が笑いだした。


この中で、猪之吉は世界に名立たる耳鼻咽喉科医「イノ・クボ」ではなく、一人の生身の男としてより江と向き合う。「大きな目玉」でより江を見つめ、恋に愛に右往左往する。また、「猪之吉さん、愛しています」と宣言するより江がいて、読者はつい引き込まれる。

この本は漱石好き、より江好きにはたまらない。読者は何度もニヤリとするだろう。漱石・より江をはじめ、鏡子や子規等の様々なエピソードが、当時の出来事や著作に踏まえられているからである。随所にはさまれた若き日のより江・猪之吉の情熱的な歌も味わえる。更に、読者が期待する「猫」まで登場する。『吾輩は猫である』でおなじみ、やはり「名」のない猫である。そういう意味では漱石文学の入門書とも言って良い。

この本の作者、出久根達郎氏はかつて古書店「芳雅堂」の店主であり、また大の漱石びいきで知られる。小学四年生の頃から、振りがなつきの漱石全集を愛読し、漱石を「心の愛人」と称した。そんな氏の、漱石を取り上げたエッセイや書籍は数えきれないほどある。ためしに「漱石」と冠した書籍をあげただけでも『漱石を売る』(一九九二)、『漱石先生とスポーツ』(二〇〇〇)、『漱石先生の手紙』(二〇〇一)、『七つの顔の漱石』(二〇一三)、『庭に一本なつめの金ちゃん』(二〇一六)と続き、本書が六作目となる。

本書はそんな出久根氏からの「謎かけ」もある。読者は『漱石全集』や関連書で、「謎解き」しても面白いだろう。

より江は女学生の頃、次のような歌を詠んだ。「南国の少女と生れ恋に生き恋に死なむの願ひ皆足る」。「願ひ皆足る」に、猪之吉との満ち足りた恋愛への自負と深い愛情が窺える。若き日のより江と猪之吉の恋はこの歌そのものだった。世に「夫唱婦随」という言葉がある。しかし、この二人にその言葉はあてはまらない。夫婦である前に共に向き合い、お互いを、そして文学を認め合った。

　より江の小品集『嫁ぬすみ』は、猪之吉の「渡欧のみやげ代りに」という声かけで刊行された。いつか自分の「習作」を纏めてみたい、そう思い続けていたより江の背を猪之吉はそっと押したのだった。かたや猪之吉の句集『春潮集』の発行は昭和七年。『嫁ぬすみ』よりもずっと後である。もし、夫のこの声かけがなかったら、より江の作品は今日まで日の目をみることがなかった。より江が「小品の名手」と称されることもなかっただろう。二人が遺した多くの作品と、猪之吉が心血を注ぎ「生ひ立ちし月桂樹よりも貴けれ吾はぐくみし弟子の数々」とまで詠んだ優秀な医学部の弟子たちが、久保夫妻にとって大いなる「二十世紀の子」となった。

　時は流れ、昭和九年十二月、翌年に九州帝国大学の退官を控えた久保夫妻の心境を、耳鼻咽喉科教室の同門会誌である「四三会誌《しさんかいし》」に、より江が寄稿している。その中にこんな二人の句がある。

　かへりみる径幾すぢや草紅葉　　　　　猪之吉

来しかたや同行二人《どうぎょうににん》遍路笠　　　　　よりえ

わが生の行路《こうろ》新たなり草紅葉　　ゐの吉

猪之吉と共に歩んだこれまでの人生を、より江は「同行二人」と例えた。そんなより江に猪之吉は「行路新たなり」と答える。これまでの人生よりも、更にこれから行く道、また新たに歩き出す道に目を向けた。二人の生の充実、美しくいっそう紅葉していく草原の中で「いつまでも夢を失わない側」にいるより江と猪之吉であった。『漱石センセと私』はより江の前半生、猪之吉と出会い、結婚、猪之吉が官費留学に出発するのを見送ったところで幕が引かれるが、そのあとの猪之吉とより江の人生もまた面白い。まだまだ数多くのエピソードが語りつくせないほどある。一読者として、早く続編をと願うのは贅沢な「願い」だろうか。

（かみや・ゆうこ／福岡市総合図書館〈福岡市文学館〉特別資料専門員）

本書は、二〇一八年六月に小社より刊行された単行本を加筆修正のうえ、文庫化したものです。

初出は、月刊「パンプキン」二〇一六年一月号から二〇一八年三月号まで連載された「いとしのより江ンジェル」。
※夏目漱石作品の引用は、『定本 漱石全集』（岩波書店）による。

出久根達郎（でくね・たつろう）
1944年、茨城県生まれ。古書店を営みながら執筆を続け、92年『本のお口よごしですが』で講談社エッセイ賞、93年『佃島ふたり書房』で直木賞、2015年『短篇集　半分コ』で芸術選奨文部科学大臣賞を受賞。『おんな飛脚人』『七つの顔の漱石』『西瓜チャーハン』など著書多数。

漱石センセと私

潮文庫　て－1

2020年　12月5日　初版発行

著　者　出久根達郎
発行者　南 晋三
発行所　株式会社潮出版社
〒102-8110
東京都千代田区一番町6　一番町SQUARE
電　話　03-3230-0781（編集）
03-3230-0741（営業）
振替口座　00150-5-61090
印刷・製本　中央精版印刷株式会社
デザイン　多田和博


ISBN978-4-267-02267-8 C0193